<SUITE DE LA DERNIÈRE FOIS>
DÈS QU'ON ARRIVE AU 5E ÉTAGE LE CHIEN N'A PLUS QU'UNE SEULE CHOSE EN TÊTE : EN ARRIVER VITE À LA CONCLUSION.
JE TE L'AI DÉJÀ DIT, MAIS...
AL-LEZ !
C'EST POUR TOI QUE J'AI CHANGÉ DE COIFFURE.
LÀ, C'EST MOI EN TRAIN D'ES-SAYER DE FAI-RE MA DÉCLA-RATION TANT BIEN QUE MAL.
TU VOIS CE QUE JE VEUX DIRE ?
DÉSHA-BILLE-TOI.
MAIS STRAY DOG NE COM-PREND PAS.
DOG STYLE

TU SAIS, JE T'AIME BIEN...
PLUS QUE TU NE PENSES.
AHAHA
IDIOT !
DOG STYLE
CHAPITRE 13

JE SUIS COMME UN CHIOT
IL RIGOLE ! ♡
IL SOURIT... ♡
DEVANT UN BOL DE LAIT.
HNN
JE VAIS TE COUVRIR DE PETITS COUPS DE LANGUE.

JE VAIS TE LÉCHER
ET TE RECOUVRIR DE SALIVE
C'EST BON ...
C'EST BON ...
C'EST BON !
MON MIGNON PETIT CHIEN.
C'EST TROP BON.
JE PEUX TE LÉCHER LES TÉTONS ?
SI TU VEUX ...
SLUP
SLUP
ÇA NE ME FAIT PAS GRAND-CHOSE LÀ.
LA DERNIÈRE FOIS J'AVAIS BIEN AIMÉ POURTANT...
J'Y TRAVAILLE...

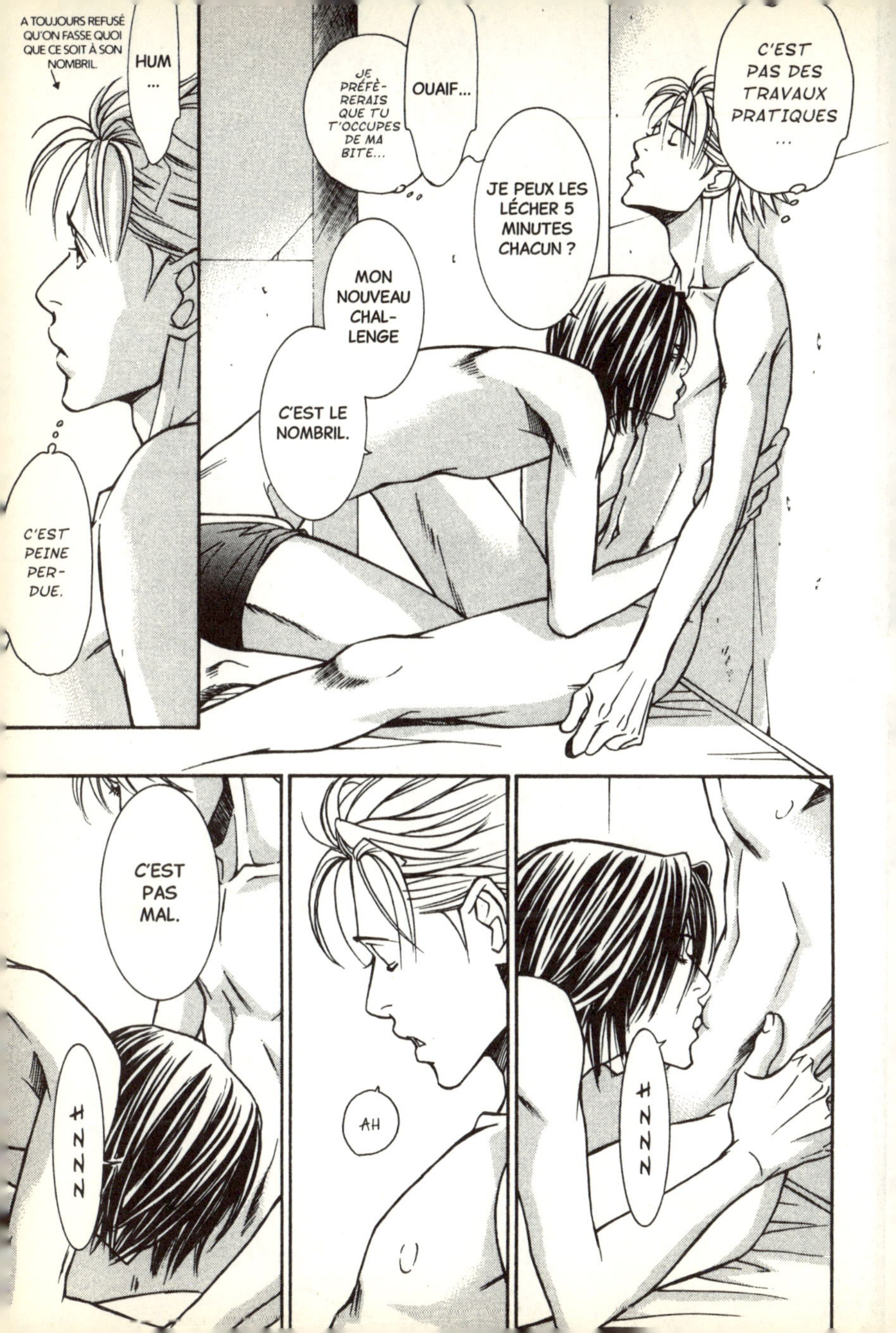
C'EST PAS DES TRAVAUX PRATIQUES ...
JE PEUX LES LÉCHER 5 MINUTES CHACUN ?
OUAIF...
JE PRÉFÉRERAIS QUE TU T'OCCUPES DE MA BITE...
MON NOUVEAU CHALLENGE
C'EST LE NOMBRIL.
HUM ...
A TOUJOURS REFUSÉ QU'ON FASSE QUOI QUE CE SOIT À SON NOMBRIL.
C'EST PEINE PERDUE.
HNNN
AH
C'EST PAS MAL.
HNNN

ÇA SUFFIRA
POUR LE NOMBRIL...
HNNN
C'EST BIEN,
MAIS ...
C'EST MÊME PAS LA PEINE...
HNNN
C'EST BON...
TROP BON...
TROP BON...
...
GLOUP

JE VOIS PAS...
TU LE FAIS EXPRÈS ?
GLOUP
TU SAIS QUE ÇA ME PLAÎT DE TE VOIR EN TRAIN DE ME SUCER
ET TU LE FAIS EXPRÈS ?
...
ALLEZ SUCE, JE VEUX TE VOIR.

HN
REGARDE.
SSS
UHN
ALLEZ REGARDE.
SSS
UHN ...
REGARDE BIEN !
HM
HN... HM
HN
TU AIMES TE LA METTRE AU FOND DE LA GORGE ?
IDIOT...

HÉ !
EMBRASSE-MOI.
...
TU PRÉFÈRES EN HAUT OU EN BAS ?
LES DEUX.
NE T'ARRÊTE PAS DE ME TOUCHER.
IL AIME DOMINER...
HUN... OUI...

HN
UH
AH...
UH
UH
CHIA-KI...
LAISSE-MOI TE TOUCHER...
NON
JE SUIS TROP EXCITÉ...
JE SUIS TROP PETIT J'ARRIVE PAS À T'EM-BRASSER...
TOU-CHE-MOI.

HN
AH
AH...
AH
AH...
AH
AAH...
AH !
AAH

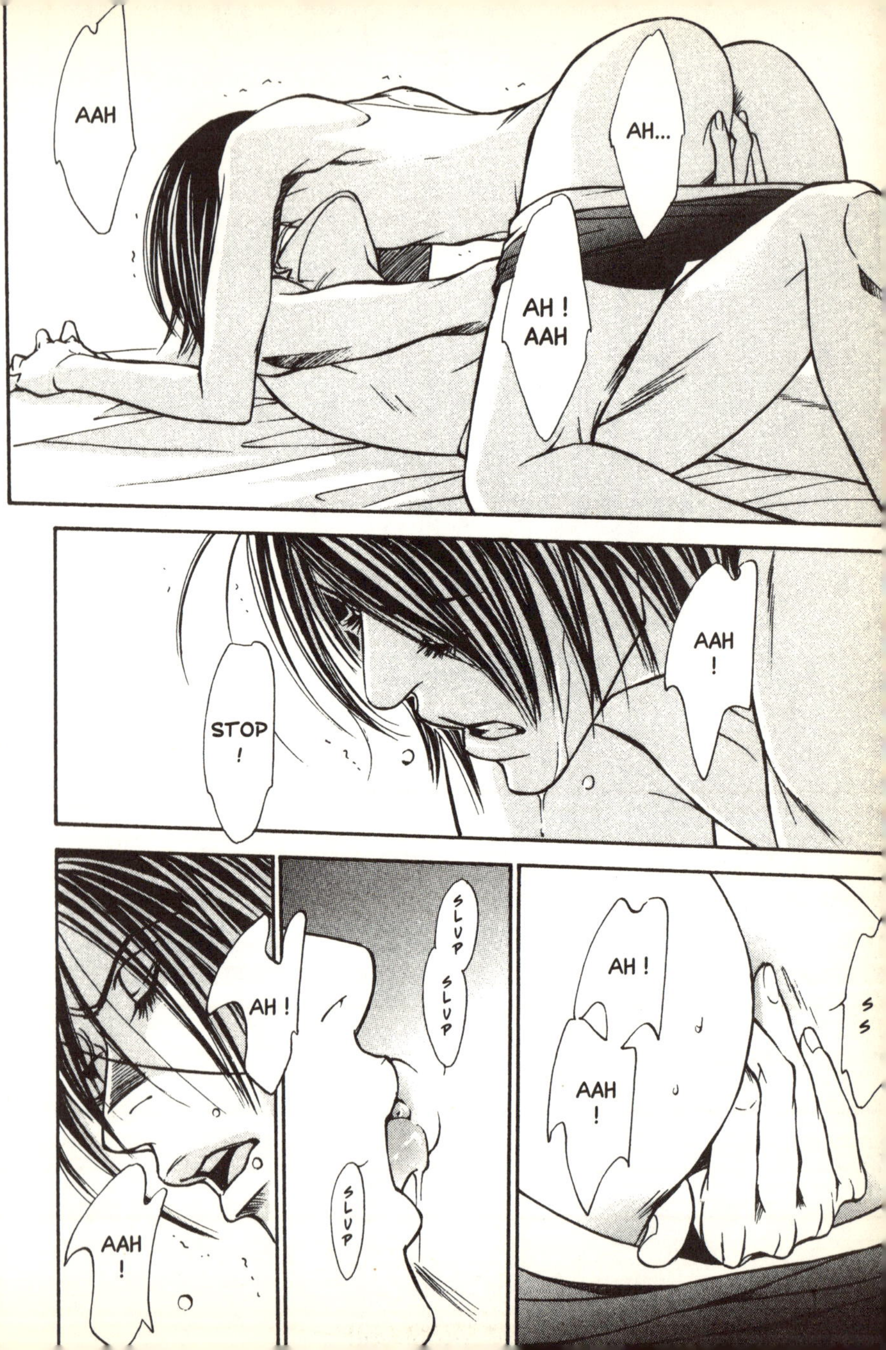
AH...
AH ! AAH
AAH
AAH !
STOP !
SS
AH !
AAH !
SLUP SLUP
SLUP
AH !
AAH !

STOP !
ARRÊTE ! JE VAIS JOUIR !
JE TE SUCE ?
AH !
NON NON NON NON NON !
HN
UH...
HN
AAAH
HAAH
AH ! AH !

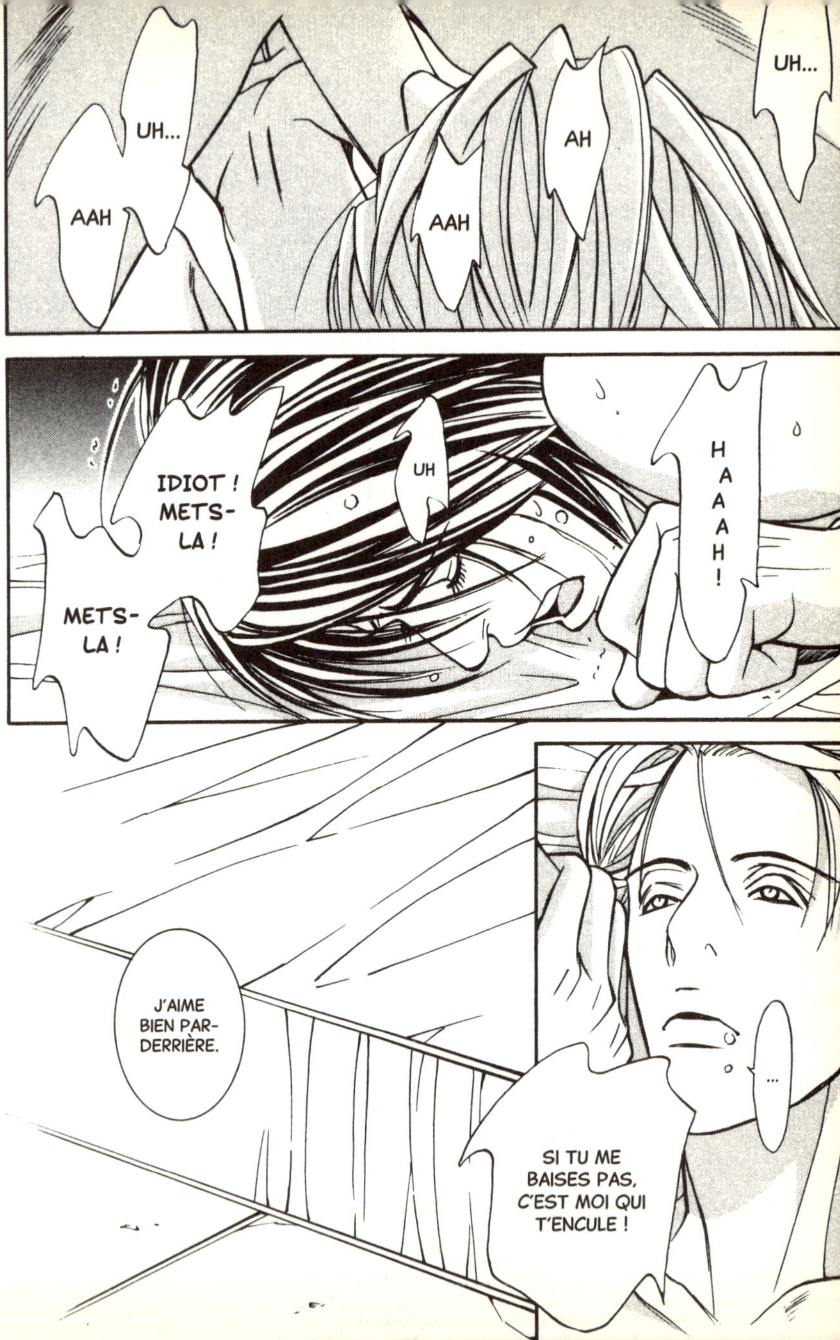
UH...
AH
AAH
UH...
AAH
HAAAAH !
UH
IDIOT ! METS-LA !
METS-LA !
...
SI TU ME BAISES PAS, C'EST MOI QUI T'ENCULE !
J'AIME BIEN PAR-DERRIÈRE.

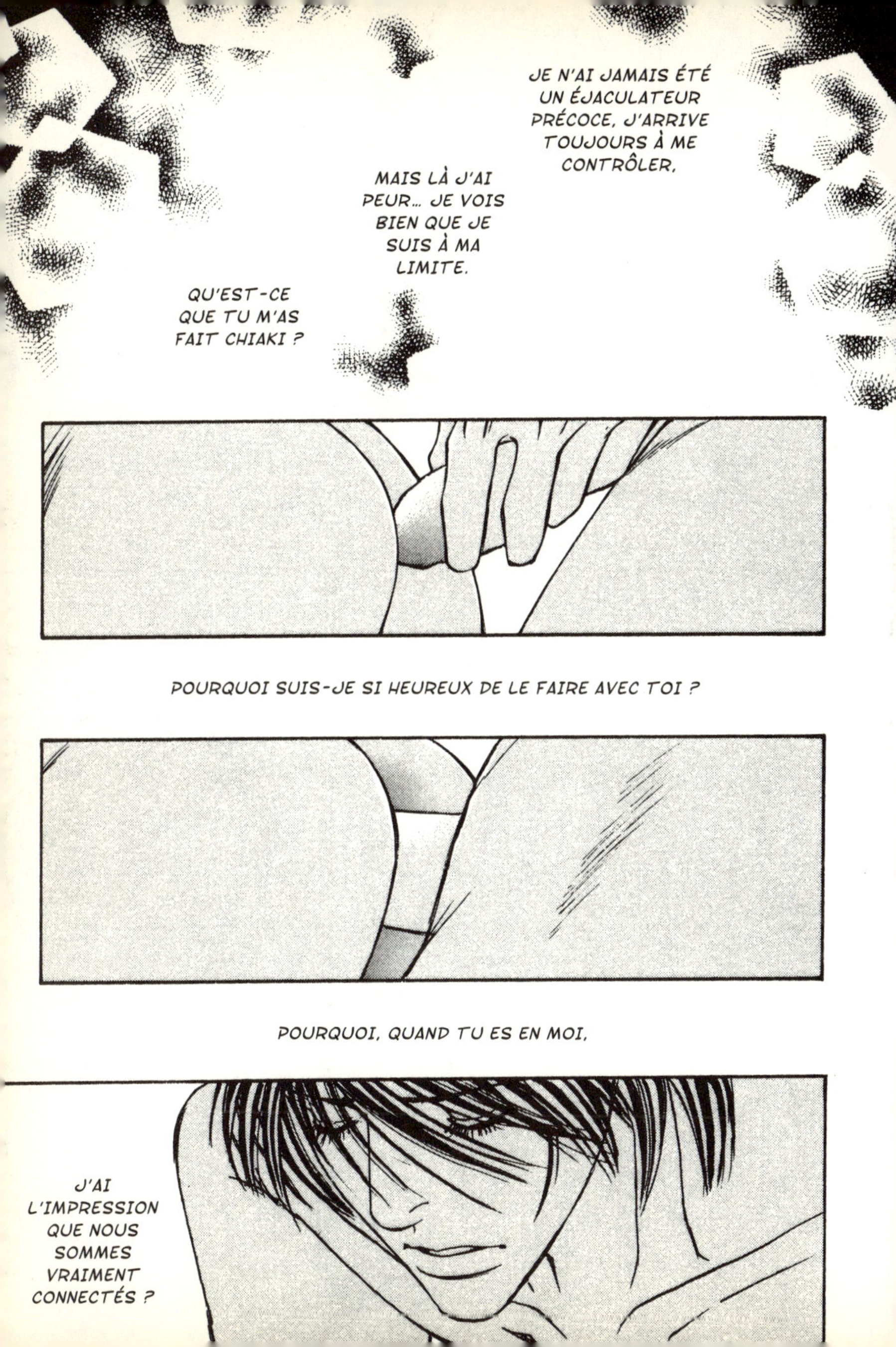
JE N'AI JAMAIS ÉTÉ UN ÉJACULATEUR PRÉCOCE, J'ARRIVE TOUJOURS À ME CONTRÔLER,
MAIS LÀ J'AI PEUR… JE VOIS BIEN QUE JE SUIS À MA LIMITE.
QU'EST-CE QUE TU M'AS FAIT CHIAKI ?
POURQUOI SUIS-JE SI HEUREUX DE LE FAIRE AVEC TOI ?
POURQUOI, QUAND TU ES EN MOI,
J'AI L'IMPRESSION QUE NOUS SOMMES VRAIMENT CONNECTÉS ?

AAH !
J'AI COUCHÉ AVEC DES TAS DE TYPES POURTANT ÇA NE M'ÉTAIT JAMAIS ARRIVÉ AVANT.
AAH !
AAH !
AAH !
JE PENSAIS PAS QUE LE SEXE POUVAIT FAIRE RESSENTIR DE TELLES CHOSES...
AAH !
AH
JE T'AIME.
AAH !
JE VEUX T'EMBRASSER.
AAH !
JE VEUX NE FAIRE QU'UN AVEC TOI.
AAH ! AH !

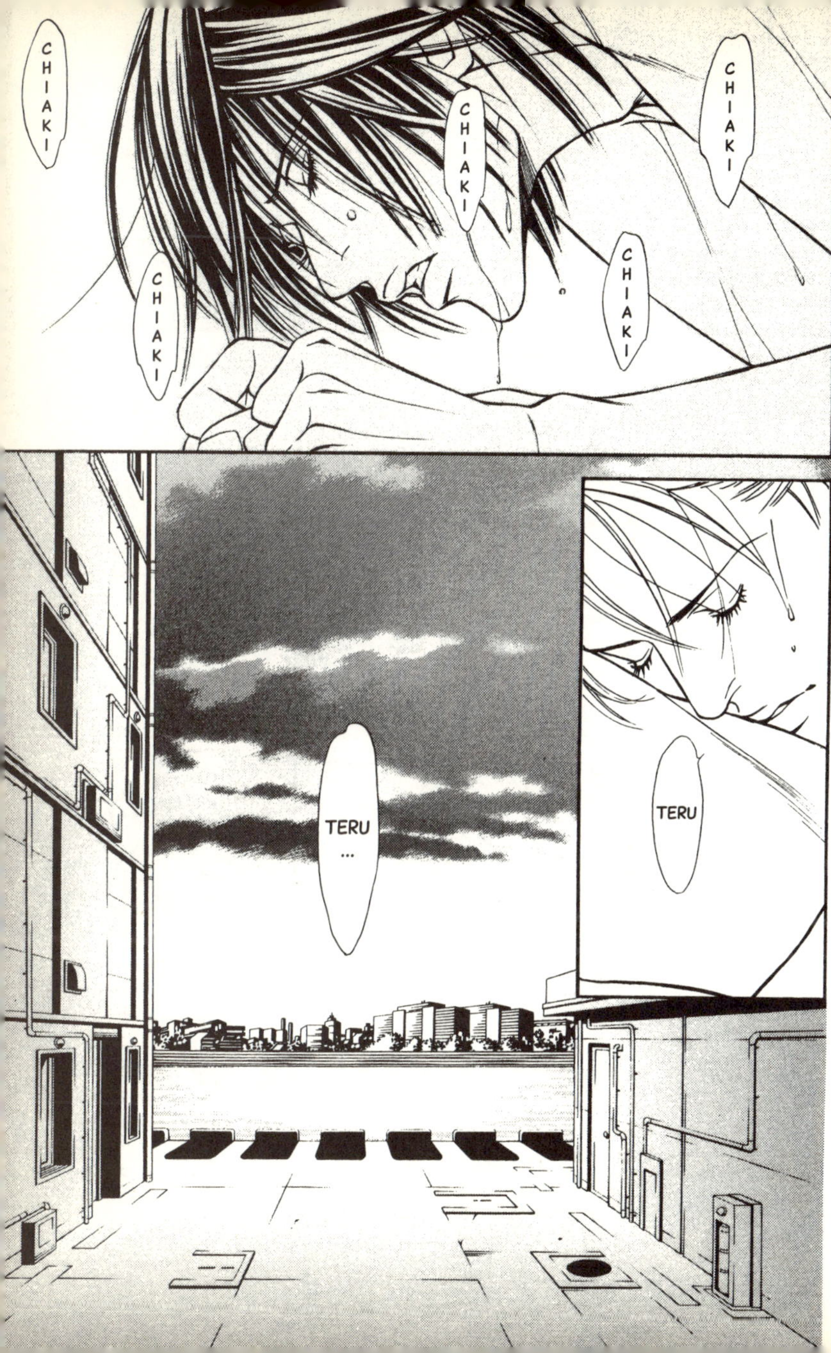
CHIAKI
CHIAKI
CHIAKI
CHIAKI
CHIAKI
TERU
TERU
...

DIS ?
OUAIS ?
C'EST BEAUCOUP 14 CENTIMÈTRES.
14 CEN-TIMÈ-TRES ?
C'EST NOTRE DIFFÉRENCE DE TAILLE.
...
TU N'ARRIVES PAS À ME TOUCHER LA BITE
ET ON NE PEUT PAS S'EM-BRASSER...
1M82 MOINS 1M68
ÇA ME DÉRANGE PAS.
ET MÊME SI TON DOS ME SEMBLE GIGANTESQUE VU DE DERRIÈRE,
C'EST SEXY.

MOI NON PLUS ÇA ME GÊNE PAS
QUE TES GENOUX NE TOUCHENT PAS LE LIT QUAND TU ME PRENDS.
IDIOT.
MAIS J'AIME TA BITE.
SÉRIEUX ?
OUAIS.
TES YEUX ET TON NEZ AUSSI.
ILS SONT TOP.
OH...
TON VENTRE AUSSI...
ET TES OREILLES,
TES CHEVEUX, TON NOMBRIL...
ÇA VEUT DIRE QUE TU AIMES TOUT CHEZ MOI ?
...

POURQUOI TU NE DIS RIEN ?
OUI...
JE SUIS TOMBÉ AMOUREUX DE TOI.
ÇA Y EST, JE L'AI DIT.
{PROCHAIN ÉPISODE} LOVE TERRORIST
NON MADAME, ARRÊTEZ... C'EST MAL...
CHAPITRE 13/ FIN

DOG STYLE
JE T'AIME.
QU'EST-CE QUE...
TU VIENS DE DIRE ?
OH MAIS C'EST QU'IL A DES CHOSES À FAIRE LE P'TIT CHIEN !
DÉSOLÉ !!
TU TE FOUS DE MOI ?

DOG STYLE
CHAPITRE 14

JE SAVAIS QUE ÇA SE PASSERAIT COMME ÇA.
JE SUIS HABILLÉ.
REPENSE À CE QUE JE VIENS DE DIRE.
CHIAKI EST UN CHIEN ERRANT
GRR
JE T'AVAIS BIEN DIT QUE JE VOULAIS T'ADOPTER...
JE ME SUIS TROP APPROCHÉ DE LUI
ET VOILÀ QU'IL S'ENFUIT
ALORS, C'EST PAS COMME SI
TU NE POUVAIS PAS T'EN DOUTER.
GRR
ON N'EST MÊME PAS AMIS, ON SE CONNAÎT À PEINE.
ON SE CONNAÎT QUAND MÊME...
LE PLUS LOIN POSSIBLE...
JE SAIS MÊME PAS ÉCRIRE TON NOM.
JE NE PEUX QUASIMENT PLUS LE VOIR...
ÇA S'ÉCRIT...
ET KASHIWA ?

C'EST TON PREMIER AMOUR, TON HÉROS.
TU N'AS JAMAIS RÉUSSI À DEVENIR COMME LUI ET TU L'ENVIES.
JE COMPRENDS MAINTENANT, TU VOULAIS LE RENDRE JALOUX !
C'EST POUR ÇA QUE TU COUCHAIS AVEC TOUS LES MECS QUI TE TOMBAIENT SOUS LA MAIN !
MAIS QU'EST-CE QUE...
COUCHE AVEC LUI.
«MA VIE N'EST PLUS LA MÊME DEPUIS QUE JE ME SUIS FAIT ENLEVER ET VIOLER»

ET IL S'OCCUPERA DE TOI TOUTE SA VIE PAR PITIÉ ET PARCE QU'IL SE SENTIRA COUPABLE.
DIS-LUI ÇA !
MOI, JE PASSE !
ÇA ALORS...
C'EST DINGUE...
DE TOUTE FAÇON,
T'ES BON QU'À TE FAIRE BAISER.
TU ES PRÊT À ALLER AUSSI LOIN
POUR QUE JE NE T'APPROCHE PLUS ?

LE CHIEN ERRANT M'A MORDU TRÈS FORT, JE SUIS COUVERT DE SANG...
ME FAITES PAS CHIER.

JE SUIS PAS D'HUMEUR.
À L'HEURE QU'IL EST TU DOIS TE SENTIR COUPABLE, MAIS JE N'ARRIVE PAS À ME DÉCIDER À T'APPELER.
EST-CE QUE TU VAS ENCORE EFFACER MON NUMÉRO ?
C'EST DOULOUREUX, MAIS JE N'Y ARRIVE PAS...
« TU N'AS JAMAIS RÉUSSI À DEVENIR COMME LUI»

DING
DONG
«MIKI, TU N'AS PAS L'AIR BIEN CES TEMPS-CI»
«C'EST ENCORE MA FAUTE ?»
«KASHIWA... JE....»
«JE SUIS DÉSOLÉ.»

JE NE SAIS PAS CE QUI S'EST PASSÉ, MAIS JE ME SUIS EXCUSÉ.
TU DOIS ÊTRE AUSSI COUPABLE QUE MOI.
KA-SHI-WA...
POURQUOI EST-CE QUE TU ME JETTES QUAND JE DÉCIDE D'ÊTRE SINCÈRE AVEC TOI ?
CHIAKI, TU T'ES BATTU AVEC DEUX ÉLÈVES DE L'ÉCOLE DU SUD, N'EST-CE PAS ?
SI AUJOURD'HUI KAPPEI ET OGAZAWARA SE SONT FAIT AGRESSER...
C'EST PARCE QUE CE SONT TES AMIS.
SI CE SONT TES AMIS, TU DEVRAIS...
HÉ !
ATTENDS QU'EST-CE QUE TU...

TU VEUX QUE JE COUPE LES LIENS AVEC EUX ET AVEC KASHIWA, C'EST ÇA ?
ÇA ME VA.
TERU !
DÉSOLÉ HIRATA. JE N'AI RIEN DIT JUSQUE-LÀ,
MAIS LA VÉRITÉ C'EST QUE VOUS ME FAITES CHIER.
VOUS N'ÉTIEZ QUE DES BOUCHE-TROUS.
ET SI ÇA CONTINUE...
AU TRAIN OÙ ÇA VA,
JE VAIS FINIR PAR FRAPPER LA MEUF D'UNE CERTAINE PERSONNE.

TERU !
ENFIN TU TE DÉCIDES À PARLER.
ÇA VA FAIRE PLUSIEURS SEMAINES ...
TU VEUX T'EN PRENDRE UNE C'EST ÇA ?
SHH ズン
SHH ズン
SI TU ME CHERCHES, TU VAS ME TROUVER.
FICHE-MOI LA PAIX CONNARD, JE VEUX PLUS TE VOIR !
JE REDEVIENS UN LOUP SOLITAIRE !
QU'EST-CE QUE TU RACONTES ?

J'Y VAIS OU PAS...
AH
MIKITY !!
MERDE...
POUR-QUOI MOI...
TOI AU MOINS IL T'ÉCOU-TERA,
VIENS VITE !
QU'EST-CE QUE TU FOUS LÀ ?
C'EST PAS TES OIGNONS !
HEIN ?!
T'ES QU'UN ÉTRANGER !

PAS BESOIN QU'IL ME LE DISE...
EUH... EXCUSE-MOI.
QUOI ?
C'EST TOI TERAYAMA,
TU ES EN PREMIÈRE C'EST BIEN ÇA ?
JE M'APPELLE KANA ÔMORI, JE SUIS EN SECONDE A.
ON DISCUTE SÉRIEUSEMENT LÀ...
...
TU COMPRENDS CE QUE JE VEUX DIRE...
EUH...
OUAH, IL A ÉTÉ ÉLU LE MEC LE PLUS SEXY DE L'ÉCOLE !
JE VAIS TOUT EXPLIQUER POUR QUE MÊME KASHIWA PUISSE COMPRENDRE... EUH JE SUIS UN PEU TIMIDE...
!!
CETTE FILLE...
L'AIR ...
L'AIR DE RIEN...
TOUT EN ESSAYANT DE LE SÉDUIRE...

ELLE LE TRAITE LITTÉRALEMENT D'IMBÉCILE.
CETTE HISTOIRE N'EST PAS SI COMPLIQUÉE.
LA FERME, LA BIGLEUSE !
ÇA Y EST, TU FAIS PLUS LA MALIGNE...
TU NOUS MONTRES TON VRAI VISAGE OU C'EST UN AUTRE MASQUE ?
IL...
LUI DIT...
TOUT CE QUE J'AI TOUJOURS...
EU ENVIE DE LUI BALANCER...

HUH...
OH !
MAIS DIS-MOI,
J'AI DÉJÀ VU TES LUNETTES DANS UNE SÉRIE TÉLÉ.
J'AI COM-PRIS...
TU LES AS PIQUÉES À DERRICK !
IL L'A ...
TROP BIEN REMISE...
À SA PLACE...
MIKITY,
ENFOIRÉ !
TU VAS LA FERMER ESPÈCE DE PUCEAU !

DIS CHIAKI !
TOUT À L'HEURE TU PARLAIS DE TON CAS ?
TU VOUDRAIS ÊTRE COMME KASHIWA...
MAIS TU N'Y ARRIVES PAS.
ALORS TU PASSES TA COLÈRE SUR LES AUTRES PAR JALOUSIE.
OUAIS JE VOIS, TU AIMERAIS BIEN QUE KASHIWA ÉPROUVE DE LA JALOUSIE LUI AUSSI.

JE NE ME RAPPELLE PLUS TRÈS BIEN CE QUI S'EST PASSÉ APRÈS.
QUAND J'AI REPRIS CONNAISSANCE, J'ÉTAIS À L'INFIRMERIE.
IL PARAÎT QU'IL M'A MIS UN HIGH KICK À LA TEMPE (ALORS QU'IL EST TOUT PETIT) ET QUE JE ME SUIS ÉVANOUI.
CHIAKI LUI, AVAIT DISPARU.

DISPARUS SES MÉGOTS DE CIGARETTES...
ET LES CANNETTES VIDES AUSSI.
VOLATILISÉ.
J'AI ATTENDU UNE SEMAINE.
JE T'AI TROUVÉ.

C'EST TROP TRISTE.
SANS LES MÉGOTS
ET SANS LES CANETTES...
J'AI RÉFLÉCHI PENDANT UNE SEMAINE.
TU TE TROMPES.
CE N'EST PAS KASHIWA QUE J'ADMIRE.

MOI-MÊME JE M'Y SUIS TROMPÉ.
JE LUI COURS APRÈS DEPUIS QUE JE SUIS PETIT...
MAIS JE N'AI JAMAIS VOULU DEVENIR COMME LUI.
JE VOULAIS QU'IL M'ADMIRE, MOI !
C'EST PAREIL, NON ?
COMME TU ADMIRAIS KASHIWA,
TU AS VOULU DEVENIR QUELQU'UN QU'IL PUISSE AIMER.
C'EST PAS PAREIL...
JE VOULAIS PAS ÊTRE KASHIWA.
JE VOULAIS ÊTRE UN HÉROS !
...
CE QUE J'ADMIRAIS C'ÉTAIT PAS KASHIWA,
C'ÉTAIT SA POPULARITÉ.

JE VOULAIS PAS ÊTRE UN HÉROS AIMÉ DE TOUS,
MAIS PLUTÔT RESPECTÉ...
COM-MENT DIRE...
OUI, C'EST ÇA... JE VOULAIS QUE TOUT LE MONDE ME RESPECTE.
JE VOULAIS DEVENIR SON HÉROS...
QU'IL ME CONSIDÈRE COMME UNE LÉGENDE !
GENRE, «TERAYAMA C'EST PAS UN MEC ORDINAIRE !»
JE VOULAIS QU'ON RACONTE POUR TOUJOURS MES EXPLOITS.
...
POUR-QUOI...
EST-CE QUE TU N'ARRÊTES PAS DE PARLER DE LUI ?
...

TU DIS QUE TU M'AIMES
ET TOUT CE QUE TU FAIS C'EST ME PARLER DE LUI !
J'AI TRÈS BIEN COMPRIS
QUI TU AIMES ET ADMIRES !
C'EST ÇA QUI T'ÉNERVE ?
JE LE SAVAIS, AU MOINS IL ME DÉTESTE PAS.
TU PEUX PARLER...
T'ES PAS AMOUREUX DU PETIT FRÈRE DE KASHIWA PEUT-ÊTRE ?
TU NE VOULAIS PAS DEVENIR SON HÉROS ?

TU DEVRAIS ME COMPRENDRE, NON ?
JE SUIS PAS TRÈS MALIN, JE N'ARRIVE PAS À M'EXPLIQUER CLAIREMENT.
JE T'AIME !
JE NE L'AI COMPRIS QU'HIER SOIR.
ARRÊTE !
TU ME FOUS LA GERBE !
CHIAKI !
TU VAS VITE EN AVOIR MARRE !
TU ME DIS QUE TU M'AIMES ET QUE TU VEUX ÊTRE AVEC MOI...
TU DIS ÇA, MAIS...
MAIS À FORCE...
TOI AUSSI UN JOUR...

TOI AUSSI TU VAS TE LASSER ! TOUT COMME KASHIWA !
TU AS BEAU ÊTRE UN CHIEN ERRANT TU NE POURRAS JAMAIS ÊTRE TOTALEMENT SAUVAGE !
C'EST POUR CELA QUE JE TE LAISSERAI JAMAIS TOMBER !
JE T'ABANDONNERAI PAS !
ET TU N'APPAR-TIENDRAS JAMAIS À KASHIWA !
C'EST LUI TON HÉROS, CELUI QUE TU RESPECTES.
MAIS MÊME SI TU NE PENSES QU'À LUI...

CELUI QUE TU AIMES,
C'EST MOI !
TU VAS VOIR !
JE VAIS TE RECUEILLIR !
ET SI UN JOUR
J'EN AI MARRE DE TOI...
J'ATTENDRAI QUE TU TE LASSES AUSSI...
ET TU POURRAS ME QUITTER.

OK, JE TE QUITTE MAINTENANT.
UNE FOIS QUE JE SERAI PARTI,
NE ME SUIS PAS.
NE ME PARLE PLUS, NE ME REGARDE PLUS, NE M'APPELLE PLUS.
ÇA SE FINIT ICI.
...
D'AC-CORD...
SI TU ME DÉTESTES VRAIMENT,
NE TE RETOURNE PAS.
T'INQUIÈTE !

ADIEU.

CHIAKI !
POURQUOI TU NE TE RETOURNES PAS ?!
EST-CE QUE C'EST PARCE QUE JE T'AI DIT QUE JE T'AIMAIS ?
POURQUOI N'AI-JE PAS LE DROIT
DE TE LE DIRE ?
C'EST À MOI DE DÉCIDER !

RETOURNE-TOI !
REGARDE-MOI !
CHIAKI !
TERU !
TU ME JETTES...
TERU ?

JE LE SAVAIS DÉJÀ...
JE N'AVAIS PAS BESOIN QUE TU LE DISES.

CE JOUR-LÀ

CHAPITRE 14/FIN

DOG STYLE
CHAPITRE 15

POURQUOI N'AI-JE PAS LE DROIT DE TE DIRE QUE JE T'AIME ?
...
«JE LE SAVAIS DÉJÀ... JE N'AVAIS PAS BESOIN QUE TU LE DISES.»
...
JE ME SENS MAL... L'ATMOSPHÈRE EST LOURDE.
...
IL NE VOULAIT PAS QUE JE LUI DISE.
C'EST CE QUE JE PENSE.
JE PEUX TE LÂCHER LA MAIN ?
ARRÊTE !

NE LE PRENDS PAS COMME ÇA...
S'IL TE PLAÎT.
TU VOULAIS PAS QUE JE TE LE DISE...
ÇA TE FAIT CHIER, JE SAIS...
TU NE VEUX PAS T'ATTACHER AUX GENS.
C'EST POUR ÇA QUE JE SUIS CONTENT
QUE TU SOIS...
ÉNER-VÉ...
...
«CON-TENT» ?
J'AI BIEN L'IMPRESSION QUE TU M'AIMES.
ET T'ES ÉNERVÉ PARCE TU N'ARRIVES PAS À ME DÉTESTER.
OUAW, C'EST CHAUD...
EN FAIT, ÇA TE PLAÎT D'ÊTRE AMOUREUX DE MOI.

T'AS VRAIMENT DÛ TE DIRE
«IL EST LOURD CE MEC» QUAND JE T'AI FAIT MA DÉCLARATION.
TU ÉTAIS AVEC MOI,
MAIS...
JE TE VOULAIS
TELLEMENT...
...
EXCUSE-MOI...
S'IL TE PLAÎT...
LAISSE-MOI TROIS MINUTES POUR ÊTRE DE NOUVEAU DE BONNE HUMEUR.

ALLEZ, BONNE HUMEUR, BONNE HUMEUR, BONNE HUMEUR !!
T'ES LOURD.
TU PEUX TE TAIRE ?
...
...
JE SUIS UN CRABE EN TRAIN DE MARCHER SUR LE CÔTÉ À LA FAÇON D'INA BAUER.
BONNE HU-MEUR !
BONNE HU-MEUR !
DIS...
SMACK

ET MAINTENANT... ON EST ENSEMBLE ?
POURQUOI TU DEMANDES ÇA ?
LA RÉPONSE C'EST «ON S'EN FOUT».
HUM
POURQUOI TU M'AS EMBRASSÉ, TOI ?
OUAIS !
HAHAHAHA
ET POURQUOI TU RIGOLES ?
HEIN ?

OUAIS, POURQUOI JE T'AI EMBRASSÉ ?
QU'EST-CE QUI M'A PRIS ?
J'SAIS PAS !
HAHA
DONNE-MOI TA MAIN.
TU PRÉFÈRES ALLER AU MC DO OU M'EMBRASSER ?
CRÈVE.
EH BAH ÇA VA MIEUX.
LA MAIN DE STRAY DOG ÉTAIT UN PEU PLUS PETITE QUE LA MIENNE.

PAF
MAIS QU'EST-CE QUE...
HEIN...
HIRATA ?
...
C'EST QUOI CE BORDEL ?!
ALLEZ !
EXPLI-QUE !

J'EN SAIS RIEN !
PAF
ET J'AIMERAIS BIEN LE SAVOIR.
TOI, TU SAIS MIEUX QUE MOI
CE QUE TERU FAIT CES TEMPS-CI, NON ?
ALORS EXPLIQUE-MOI...
...
KASHIWA, TU N'ES PLUS LE PARTENAIRE DE TERU.
ET MOI NON PLUS ...

TERU...
IL RESTE PLUS RIEN ? QUI A EU L'IDÉE GÉNIALE DE PRENDRE À EMPORTER ? HEIN ?
C'EST TOI, ET T'AS TOUT BOUFFÉ EN CHEMIN MIKI !
C'EST TOI QUI T'ES GOINFRÉ ! T'ES TOUT PETIT, T'AS PAS BESOIN DE MANGER AUTANT !
MAIS J'AI ENCORE FAIM ! ET TU PEUX PARLER VENTRE SUR PATTES !

C'EST COMME ÇA QUE JE SUIS DEVENU GRAND.
1M82 !
IL RESTE DES CORNICHONS SI TU VEUX.
1M82 !
AH... IL RESTE UNE FRITE !
DONNE !
PARDON, JE L'AI MANGÉE.
HEIIIN !
MIAM
C'EST POUR GRANDIR !
AH...
T'AS RIEN À GRAILLER SUR TOI ? MÊME UNE SARDINE SÉCHÉE.
UNE SARDINE ?
POUR GRANDIR.

QUEL ÉNORME COUCHER DE SOLEIL...
C'EST ICI QUE JE PRÉFÈRE REGARDER LES COUCHERS DE SOLEIL.
MOI AUSSI...

LES CHOSES TRISTES, LES CHOSES JOYEUSES...
ELLES SE FONDENT DANS LE SOLEIL COUCHANT.
ELLES SE NOIENT DANS LE SOLEIL COUCHANT.
... SE NOIENT ?
OUAIS.
C'EST BIEN TOI ÇA...
TU PRÉFÈRES TOUT DÉTRUIRE, MÊME LES BONNES CHOSES,
DE PEUR D'ÊTRE BLESSÉ.
LAISSE CE QUI EST TRISTE ÊTRE RÉDUIT EN CENDRES
ET GARDE CE QUI EST BON.

«ON NE S'EST RIEN PROMIS. C'EST POUR CELA QUE SI TU NE VENAIS PAS JE NE SERAIS PAS DÉSESPÉRÉ.»
«QUAND JE M'ASSIEDS À CÔTÉ DE TOI,
MON COEUR EST APAISÉ.»
ÇA AUSSI C'EST BIEN TOI.
«JE REGAR-DERAIS LE COUCHER DE SOLEIL DANS NO-TRE BASE,
AVEC LA CANETTE QUE JE T'AURAIS ACHETÉE»
«JE T'IMAGINE À MES CÔTÉS
EN REGARDANT LE SOLEIL SE COUCHER»
TU POURRAIS TE DIRE :
«ÊTRE ASSIS COMME ÇA À CÔTÉ DE TOI, ÇA ME REND HEUREUX.»
AVEC CETTE CANETTE
ACHETÉE POUR TOI.»
QUE JE T'ATTENDE ICI À L'IMPROVISTE...
«ET JE ME DEMANDERAIS SI ÇA TE FERA PLAISIR...
JE...

«PEUT-ÊTRE QUE OUI...
PARCE QUE TU NE CROIS
NI AUX MOTS NI AUX PROMESSES»
MIKI ...
«ET JE ME DIS
EN REGARDANT LE SOLEIL COUCHANT,
...
QUE J'AIMERAIS BIEN QUE TU M'ATTENDES COMME ÇA TOI AUSSI.»
«QUE TU M'ATTENDES
EN PENSANT À MOI»
«ET J'AIMERAIS BIEN AUSSI»
«QUE TU M'ACHÈTES
MON CAFÉ PRÉFÉRÉ.»
«SI ÇA SE RÉALISAIT, JE N'AURAIS BESOIN DE RIEN D'AUTRE.»

«JE PRÉFÈRE NE PAS TE DONNER RENDEZ-VOUS, CAR J'EN MOURRAIS SI TU NE VENAIS PAS.»
«MAIS ATTENDRE UNE PERSONNE SANS AVOIR RENCARD
EST BEAUCOUP PLUS DIFFICILE»
«QUE D'ATTENDRE EN ÉTANT SÛR QU'ELLE VA VENIR.»
«ALORS SI TU M'AIMES,
ATTENDS-MOI SANS RENDEZ-VOUS».
N'AI-JE PAS LE DROIT DE TE DIRE QUE JE T'AIME ?
JE PRÉFÈRE QUE TU NE L'EXPRIMES PAS. GARDE CE SENTIMENT EN TOI.
CHAPITRE 15 / FIN

HAA
HAA
HAA
JE ME DEMANDE S'IL EST VENU.
HAA
HAA
HAA
EST-CE QU'IL VA ÊTRE LÀ ?
HAA
HAA
OH
YO !
CES DERNIERS TEMPS IL ARRIVE EN COURANT.

HAA
...
HAA
HAA
HAA
OH
IL FAIT CHAUD.

PEUT-ÊTRE AI-JE RÉUSSI À CAPTURER STRAY DOG.
SERRE
DOG STYLE
CHAPITRE 16

ATT ...
QUOI ?
CHIAKI
HN
CHI...
CHIAKI...
UN BAISER...
HN
HM... HN
HN

CHIAKI...
...
TU NE DIS RIEN...
HUM ?
CHIAKI ?
IL EST LÀ...
À MOI...
TOUT VA BIEN...
HUMPF
HUMPF ?
ZZZ
TU...
TU T'ENDORS ?
ZZZ
BON, TU DORS.
PEUT-ÊTRE M'AIME-T-IL VRAIMENT...

STRAY DOG EST SAUVAGE, MAIS... LORSQU'IL ME VOIT, IL ME LÈCHE, ME MORD, COMME POUR S'ASSURER DE MA PRÉSENCE...
ÇA LE RASSURE...
ET IL S'ENDORT.
ZZ
J'AI L'IMPRESSION QU'UN CHIEN FÉROCE ESSAIE DE ME MARQUER AVEC SON ODEUR.
...
HUM
HOP
FFH
IL SE RÉVEILLE MÊME PAS ?
ÇA Y EST, IL A COMPRIS.
JE SUIS CONTENT !
JE T'EN PRIE, CONTINUE DE METTRE TON ODEUR SUR MOI. JE VEUX ÊTRE À TOI DU SOIR AU MATIN (MÊME SI TU DORS)

HUM
COMME ÇA ?
NON, PLUTÔT COMME ÇA.
HÉ HÉ HÉ
JE COMPRENDS POURQUOI IL S'ENDORT.
...
LORSQUE JE SUIS CONTRE LUI ET QUE JE SENS L'ODEUR DE SON CORPS...
ON EST SI BIEN.

K S C H
GRAND FRÈRE...
POC
JE DOIS TE PARLER.
HUM
MIKITY TE TROMPE.
P O C
P O C
40 À 30 !
HUM
POC POC
COMME D'HABI-TUDE.
C'EST JAMAIS SÉRIEUX.
POC POC
POC POC
POC POC
POC POC
C'EST TERU SON PARTENAIRE.

POC
ÉGALITÉ !
IMPOSSIBLE.
JE LES AI VUS !
ILS ÉTAIENT EN TRAIN DE S'EMBRASSER !
TU DIS ÇA PARCE QUE TU NE FAIS PAS ATTENTION À LUI.
FOUS-MOI LA PAIX,
JE SUIS OCCUPÉ.
RODDICK A L'AVANTAGE !
T'ES VRAIMENT PAS AU COURANT...
CD-R 700
REGARDE ÇA, ÇA VA TE FAIRE RÉFLÉCHIR.

MERDE JE ME SUIS ENDORMI.
HUH
...
IL ME TIENT LE BRAS...
...

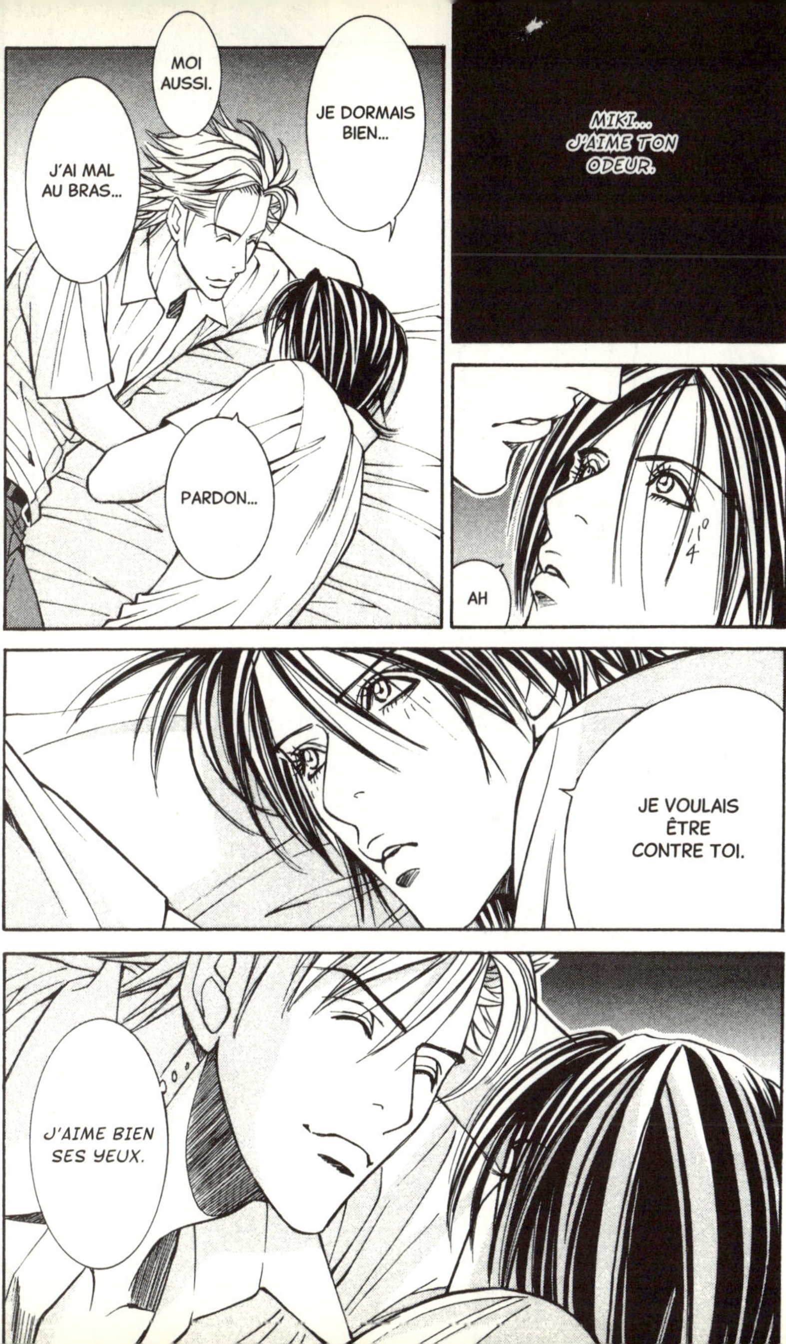
MIKI... J'AIME TON ODEUR.
AH
JE DORMAIS BIEN...
MOI AUSSI.
J'AI MAL AU BRAS...
PARDON...
JE VOULAIS ÊTRE CONTRE TOI.
J'AIME BIEN SES YEUX.

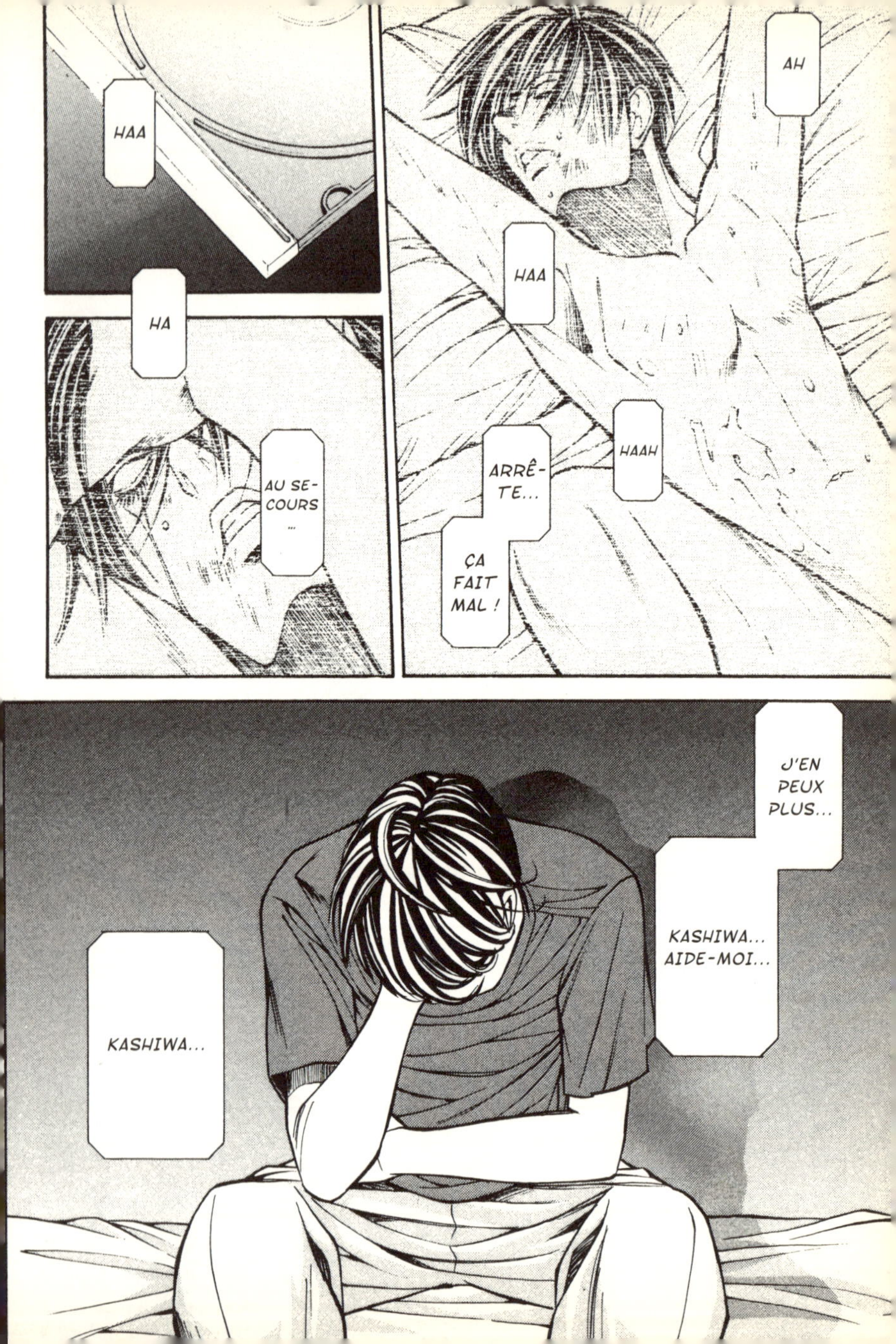
AH
HAA
HAAH
ARRÊTE...
ÇA FAIT MAL !
HAA
HA
AU SECOURS ...
J'EN PEUX PLUS...
KASHIWA... AIDE-MOI...
KASHIWA...

JE NE SAVAIS PAS QUE KASHIWA AVAIT ÉTÉ MIS AU COURANT.
CE JOUR-LÀ TOUT CE QUI M'INTÉRESSAIT C'ÉTAIT DE RENDRE CHIAKI HEUREUX.
TERU !
MIKI !
TU MANGES TOUT SEUL ?
ON N'A QU'À MANGER ENSEMBLE.
J'AIME PAS LA FAÇON DONT TU LE DIS.
JE VEUX MANGER AVEC TOI, OK ?
TU MANGES TOUJOURS TOUT SEUL ?
KASHIWA EST TOUJOURS FÂCHÉ
ET JE N'AI PAS L'INTENTION DE LUI PARDONNER.
...
ET KASHI-WA ?
IL M'A DIT «VA AVEC LUI».
ON MANGE ENSEMBLE À PARTIR DE MAINTENANT ?

SÉ-RIEUX ?
IL EST MALADE ?
JE SAIS PAS...
ÇA FAIT DEUX-TROIS JOURS QU'IL EST SUPER GENTIL AVEC MOI. ÇA ME FAIT PRESQUE PEUR.
HUM
MAIS BON...
!
IL A L'AIR TELLEMENT CONTENT...
J'AIMERAIS QUE CE MOMENT...
ON SE RETROUVE À LA BASE AUJOURD'HUI ?
OUAIS.
OK, JE T'ATTENDRAI.
JE SERAI PEUT-ÊTRE UN PEU EN RETARD.
NE S'ARRÊTE JAMAIS.

TOUS LES JOURS JE SÈCHE LE DERNIER COURS POUR ALLER À NOTRE BASE ET J'ARRIVE AVANT TERU. MAIS AUJOURD'HUI MON PROF M'A REMONTÉ LES BRETELLES ET JE SUIS EN RETARD.
Coca-Cola
TOC
IL M'A PASSÉ UN SAVON PENDANT 20 MINUTES.
MAIS J'M'EN FICHE.
JE VAIS VOIR CHIAKI !! J'ARRIVE MON PETIT CHIAKI !
!
TAP

TAP
T'AS DE L'INS-TINCT TOI.
ÇA FAISAIT LONG-TEMPS.
YA-MA-DA !
JE M'AP-PELLE KIJIMA.
TOURNE-TOI ET MONTRE-MOI TON JOLI MINOIS !
QU'EST-CE QUE VOUS ALLEZ ME FAIRE ?

C'EST BIEN LE SEXE AVEC CHIAKI ?
IL EST COOL VOTRE IMMEUBLE ABAN-DONNÉ.
T'ES UN MALIN YAMADA,
ÇA ME DONNE ENCORE PLUS ENVIE DE TE SAUTER.
KIJIMA... SON NOM C'EST TERAYAMA.
ON EST AU COURANT DE TOUT.
ON SAIT AUSSI QUE TU ES LE TALON D'ACHILLE DE CHIAKI.
SON TALON D'ACHILLE...
MOI ?
ワラ FFH
ワラ FFH
ワラ FFH
EXCUSE-MOI CHIAKI... J'AI L'IMPRES-SION QUE JE NE POURRAI PAS VENIR CE SOIR.

J'AURAIS VRAIMENT VOULU VENIR, MAIS… JE CROIS QUE ÇA SERA PAS POSSIBLE.
CHIAKI ARDONNE-MOI… HIAKI NE SOIS AS EN COLÈRE… HIAKI JE VEUX TE VOIR SOURIRE…
CHIAKI, JE VEUX QUE TU ME FASSES RIRE…
T'INQUIÈTE TERAYAMA …
CHIAKI…
TU CROIS QUE JE SUIS GENTIL ?
RATÉ…
JE VAIS TE DÉFONCER.
CHIAKI…
JE POURRAI PAS VENIR…

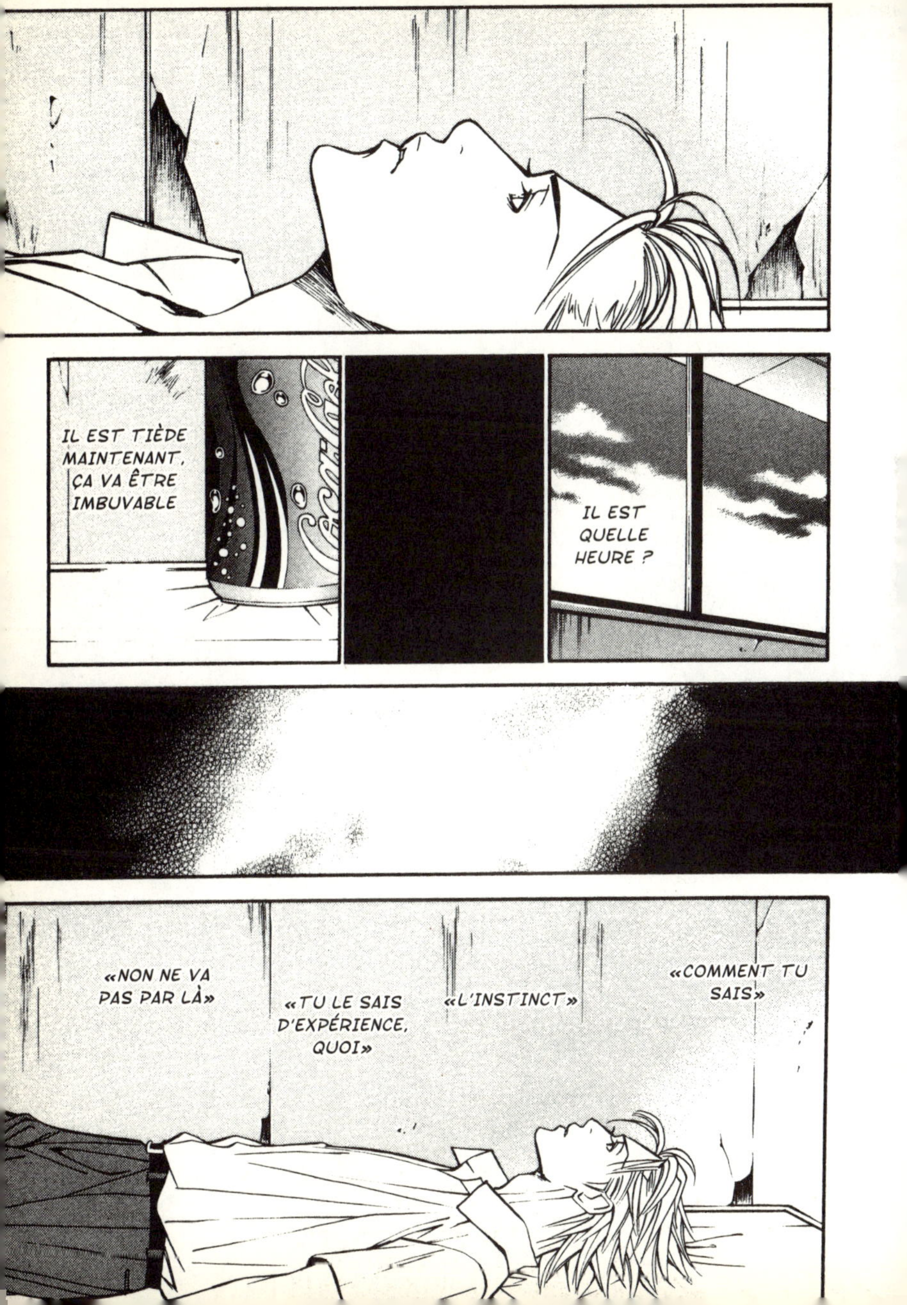
IL EST QUELLE HEURE ?
IL EST TIÈDE MAINTENANT, ÇA VA ÊTRE IMBUVABLE
«COMMENT TU SAIS»
«L'INSTINCT»
«TU LE SAIS D'EXPÉRIENCE, QUOI»
«NON NE VA PAS PAR LÀ»

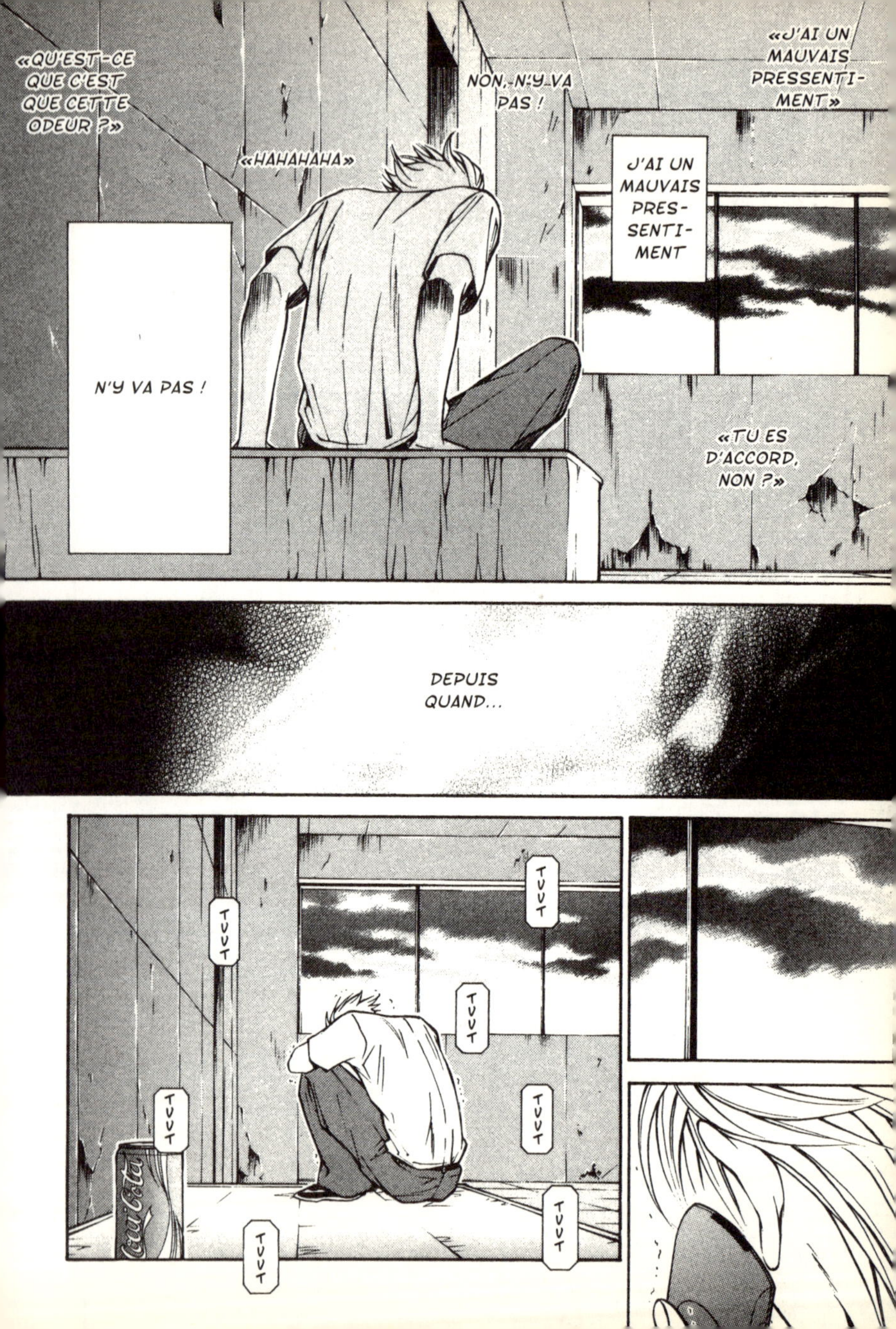
«J'AI UN MAUVAIS PRESSENTIMENT»
J'AI UN MAUVAIS PRESSENTIMENT
NON, N'Y VA PAS !
«HAHAHAHA»
«QU'EST-CE QUE C'EST QUE CETTE ODEUR ?»
N'Y VA PAS !
«TU ES D'ACCORD, NON ?»
DEPUIS QUAND...
TUUT
TUUT
TUUT
TUUT
TUUT
TUUT
TUUT

TUUT
TUUT
PAF
UUH
UH
GGH
UH
HAA
HAA
QU'EST-CE QUI T'ARRIVE CHIAKI ?

DASH
HUUH
JE PENSAIS PAS QUE TU COURAIS AUSSI VITE.
MAIS BON, T'ES TOUT SAGE MAINTENANT, HEIN ?
ON ÉTEINT SON PORTABLE ? IL VIBRE DEPUIS TOUT À L'HEURE.
BW BW
ÇA DOIT ÊTRE CHIAKI EN TRAIN DE CHIALER PARCE QU'IL LUI A POSÉ UN LAPIN.

IL A SÛREMENT DÉJÀ COMPRIS QU'IL NE LUI AVAIT PAS POSÉ DE LAPIN.
AH BON ?
CHIAKI A UN SACRÉ INSTINCT, IL EST QUASIMENT MÉDIUM.
C'EST COMME ÇA QU'IL A TOUJOURS RÉUSSI À M'ÉVITER.
INCROYABLE...
J'AI REMARQUÉ QU'IL EST PAS DU GENRE À APPELER À L'AIDE, ÇA ME PLAÎT.
MAIS QUAND UN POTE A BESOIN DE LUI, IL ACCOURT TOUJOURS.
DOMMAGE...
C'EST UN SUPER POTE...
HEIN TERAYAMA ?
TU PENSES
QU'IL VA VENIR ?

T'AS PAS L'AIR BIEN TERAYAMA.
TU RESSENS LES EFFETS DE LA DROGUE QU'ON T'A DONNÉE ?
HÉ HÉ
MERDE...
JE...
TE-RAYA-MA
MA TÊTE EST LOURDE, MON ESPRIT DEVIENT COMPLÈTEMENT VIDE...
SUR LES RIVES TOUT À L'HEURE...
TU AURAIS PU T'EN TIRER SI TU T'ÉTAIS MIS À COURIR
QUAND TU NOUS AS REMARQUÉS.
MAIS TU NE T'ES PAS ENFUI PARCE QUE
TU NE VOULAIS PAS NOUS MENER À CHIAKI ?
HÉ HÉ

T'ES JALOUX ?
AH, P'TAIN... ARRÊTE DE LE PROVOQUER...
...
T'ES TROP SEXY
TE-RAYAMA...
REGARDEZ-MOI ÇA...
AAAH...
HUN
TROP SEXY...
HAHA
TIENS TIENS...
ÇA TE PLAÎT ?

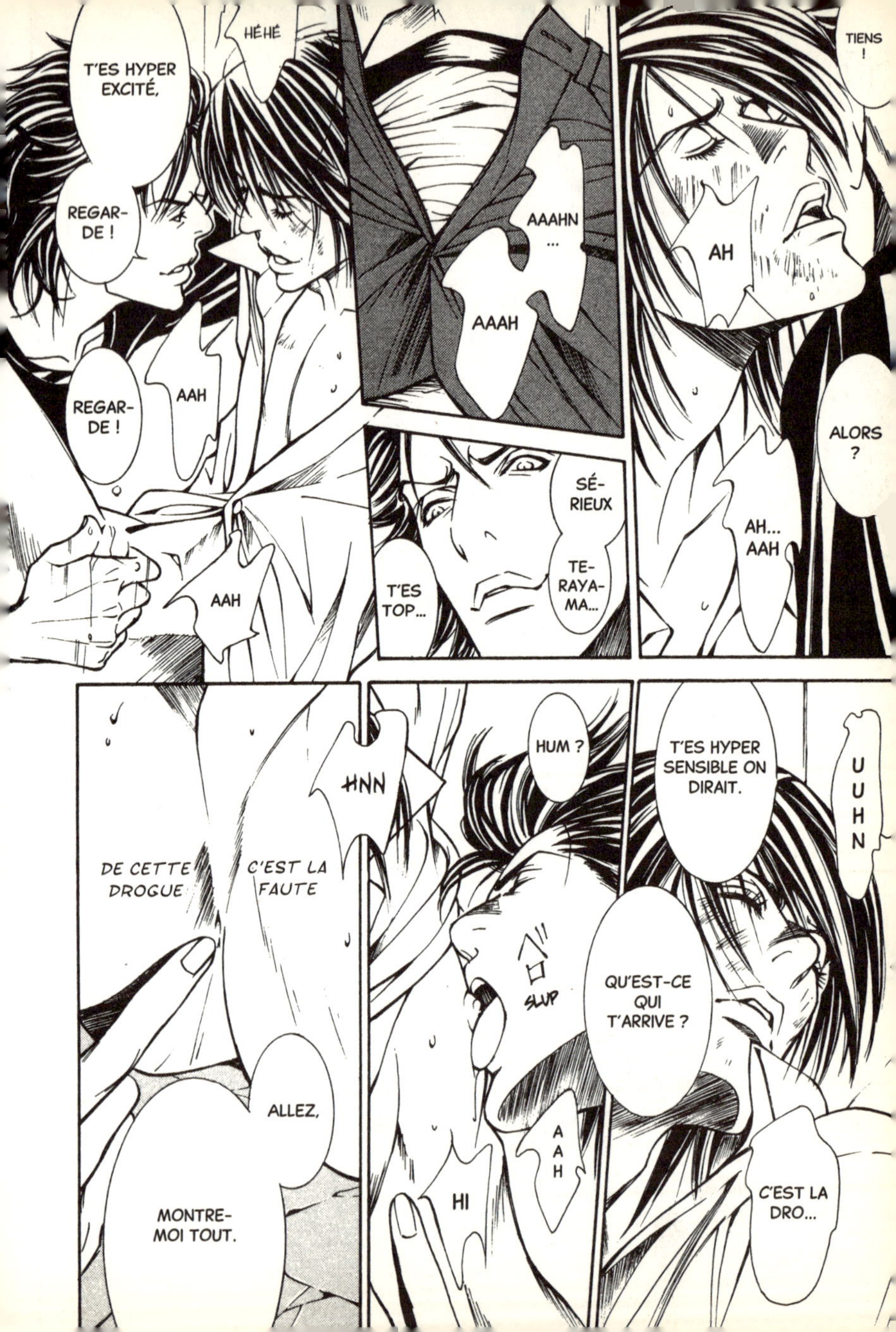
TIENS !
AH
ALORS ?
AH... AAH
AAAHN ...
AAAH
SÉRIEUX
TERAYAMA...
T'ES TOP...
HÉHÉ
T'ES HYPER EXCITÉ,
REGARDE !
REGARDE !
AAH
AAH
UUHN
T'ES HYPER SENSIBLE ON DIRAIT.
QU'EST-CE QUI T'ARRIVE ?
C'EST LA DRO...
HUM ?
HNN
SLUP
AAH
HI
C'EST LA FAUTE
DE CETTE DROGUE
ALLEZ,
MONTRE-MOI TOUT.

HAHA
HN
ÇA TE PLAÎT COMME ÇA, HEIN !
SS
UH
SS
ARRÊTE
UH...
FFLL
FSCH
NON ... ARRÊTE...
UH...
UH...
QU'EST-CE QUI T'ARRIVE MIKI ? C'EST POURTANT PAS LA PREMIÈRE FOIS. C'EST PAS GRAVE, C'EST JUSTE DU SEXE... POURQUOI...

J'AI COMPRIS...
OUI...
C'EST POUR ÇA... JE COMPRENDS.
HEIN ?
QUOI ?
JE NE SUIS PLUS LE MÊME.
JE NE VEUX PAS...

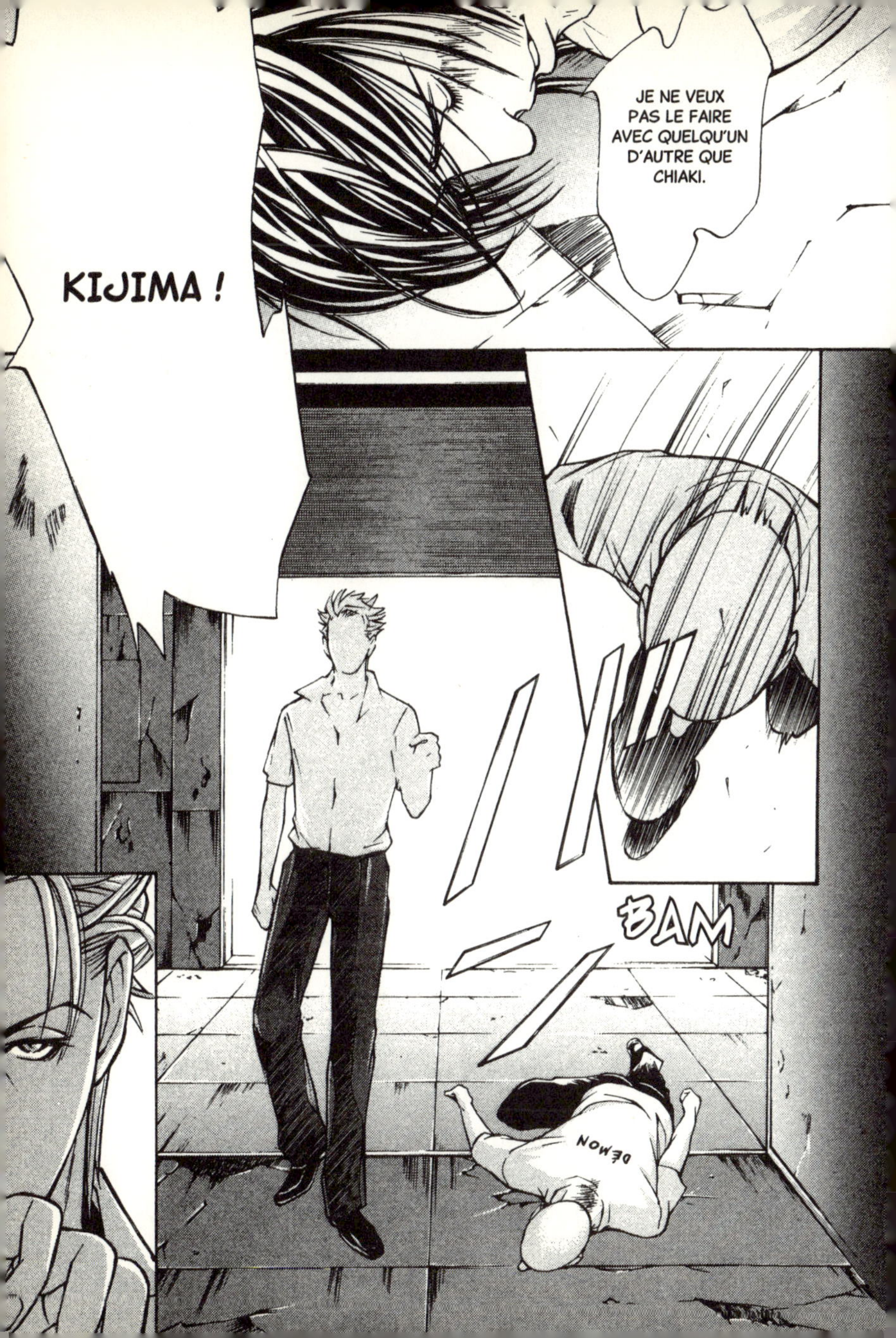
JE NE VEUX PAS LE FAIRE AVEC QUELQU'UN D'AUTRE QUE CHIAKI.
KIJIMA !
BAM
DEMON

ALLEZ
ON RENTRE MIKI...

ON RENTRE !!
鬼命
CHIAKI !
CHI...

TU CROIS VRAIMENT QUE JE VAIS VOUS LAISSER PARTIR ?
HEIN, CHIAKI ?
CHIAKI... RENTRONS...
CHAPITRE 16/ FIN

ALLEZ,
MIKI...
CHIAKI...
REN-TRONS.
TU CROIS VRAIMENT QUE JE VAIS VOUS LAISSER PARTIR ?
HEIN, CHIAKI ?

JE VAIS RENTRER AVEC LUI, MAIS JE DOIS METTRE MON PANTALON SINON STRAY DOG AURA TROP HONTE POUR COURIR AVEC MOI RESSAISIS-TOI MIKI !
DOG STYLE
CHAPITRE 17

JE VAIS POUVOIR RENTRER... JE LE SAIS.
IL EST VENU ME CHERCHER...
CHIAKI...
ON REN-TRE.
COUI
COUI
MON CHIEN ERRANT M'A DIT QU'ON ALLAIT RENTRER.
«RENTRONS MIKI»
EN-FOI-RÉ !
DÉMON

CHIAKI !!
URH
BAM
ON Y VA MIKI.
ZBAM
FSCHH
BAAM
COURS !
AGH

AAAAH !
PU-TAIN
IL EST BALAISE ...
PFH
PFH
MIKI
C'EST BIEN CHIAKI
T'ASSURES !
ALLEZ, VIENS VOIR !
VITE !
COURS MIKI !
PENDANT QUE JE SUIS ENCORE DEBOUT.

ATTENDS, JE METS MON PANTALON...
JE VAIS POUVOIR COURIR...
ÇA Y EST, JE...
UH
MIKI !
COURS MIKI ! NE T'ENDORS PAS !
IL FAUT QUE TU BOUGES !

HAA
COURS !
HAA
HAA
CHI ...
ALLEZ !
SALE PETIT...
TU AS OSÉ ME FRAPPER...
JE VAIS TE BUTER ENFOIRÉ !
COURS MIKI !
OUAIS !

COURS !
COURS ! COURS !
AUSSI VITE QUE LUI !

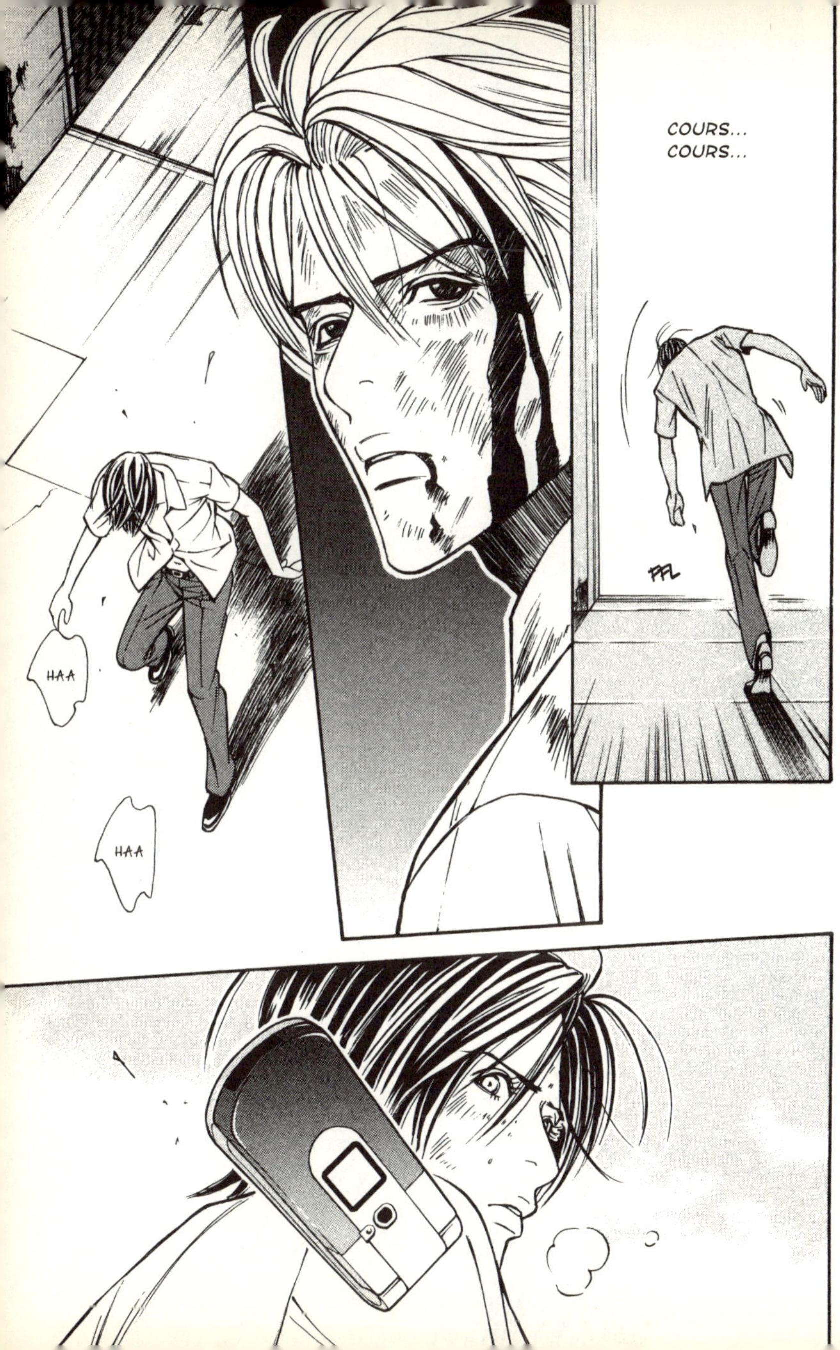
COURS...
COURS...
FFL
HAA
HAA

COURS...

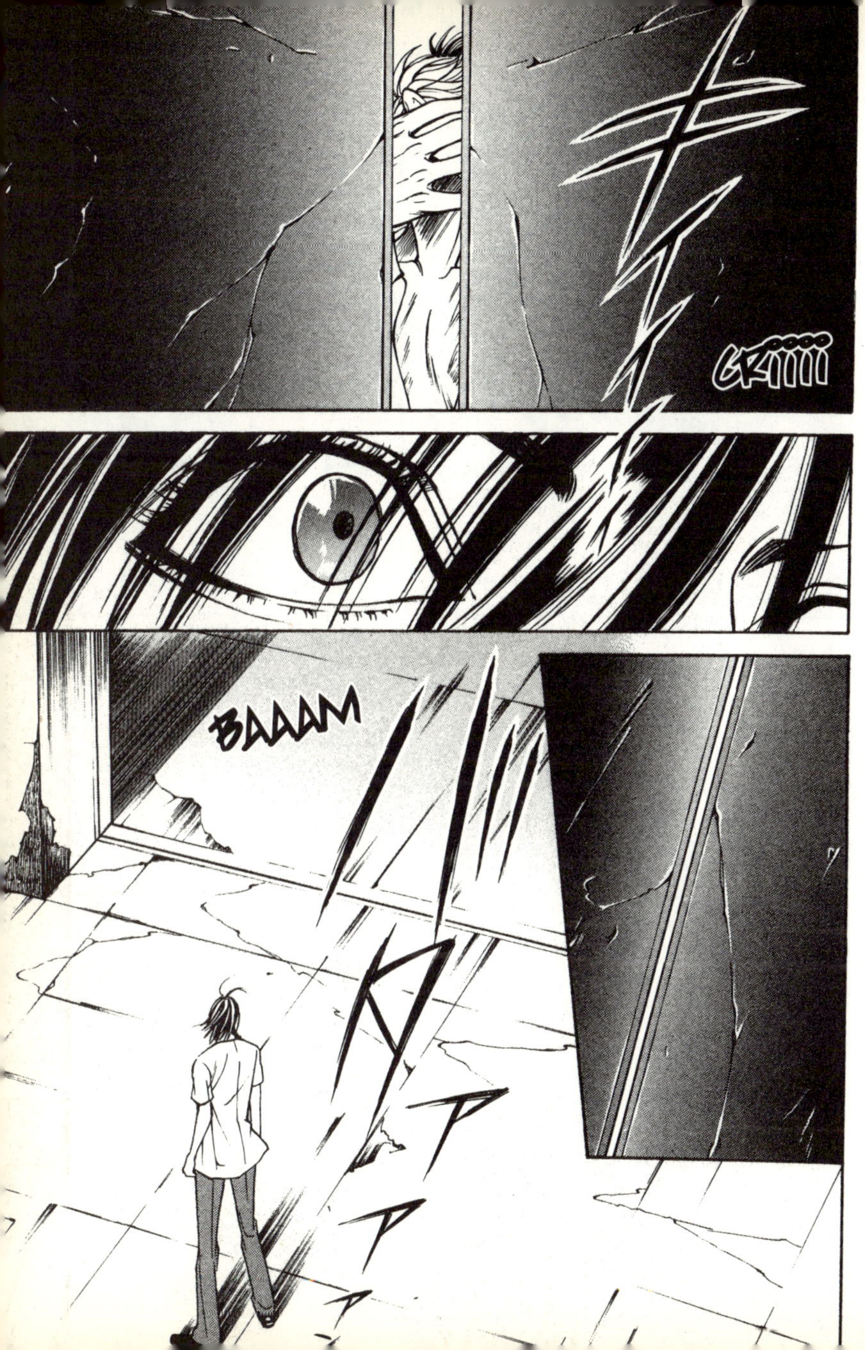
CRIIIII
BAAAM

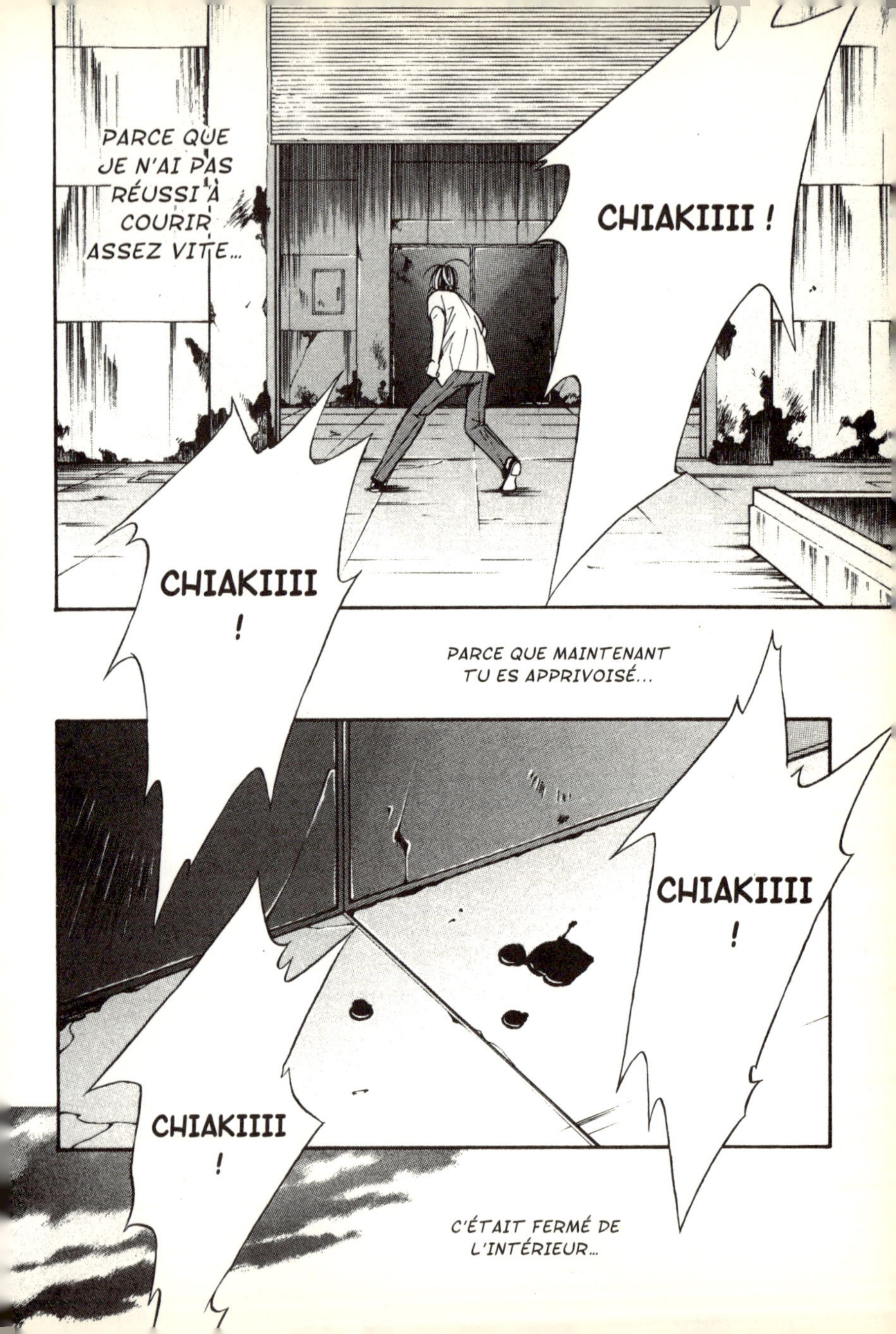
CHIAKIIII !
PARCE QUE JE N'AI PAS RÉUSSI À COURIR ASSEZ VITE...
CHIAKIIII !
PARCE QUE MAINTENANT TU ES APPRIVOISÉ...
CHIAKIIII !
CHIAKIIII !
C'ÉTAIT FERMÉ DE L'INTÉRIEUR...

À DEMAIN KANA !
TIENS ?
À DE-MAIN !
QU'Y A-T-IL KASHIWA ?
C'EST TERU ?
NON RIEN...
OUI ?
CHIAKI VA SE FAIRE BUTER !
IL FAUT QUE TU VIENNES LE SAUVER !!

MI-KITY ?
IL A APPELÉ SES POTES ! ILS SONT DANS UN GRAND HANGAR À ENOKIDAI !
T'AS COMPRIS ? JE CROIS QUE CHIAKI CONNAÎT CET ENDROIT...
UN HANGAR À ENOSHIMA...
IL EST AVEC KIJIMA ?!
VIENS VITE...
JE T'EN PRIE... VA LE SAUVER...
CHIAKI M'A LANCÉ SON PORTABLE...
C'ÉTAIT POUR QUE TU DÉCROCHES...
IL NE L'AURAIT PAS FAIT S'IL AVAIT SEULEMENT VOULU QUE JE M'ENFUIE...
TU ÉTAIS LE PREMIER DANS SA LISTE, C'EST POUR ÇA QUE JE T'AI APPELÉ...

JE N'AI PAS PU...
JE NE POUVAIS PAS COURIR AVEC LUI...
IL LE SAVAIT...
C'EST POUR ÇA QU'IL M'A LANCÉ SON PORTABLE...
MOI JE NE PEUX PAS...
IL SAIT QUE T'ES LE SEUL À POUVOIR L'AIDER !
OUI... S'IL AVAIT ÉTÉ AVEC KASHIWA, ILS AURAIENT PU S'ENFUIR ENSEMBLE... MAIS MOI...
RENTRE VITE CHEZ TOI MIKITY
ET SURTOUT NE SORS PAS.
JE VAIS ALLER L'AIDER.

JE VAIS ALLER SAUVER TERU
AVEC KAPPEI ET HIRATA.
BIP
NON KASHIWA !
N'Y VA PAS !
PARDON KANA MAIS TERU...
ALORS RENTRE VITE CHEZ TOI,
COMPRIS ?
C'EST PAS BIEN !
TU M'AVAIS PROMIS QUE TU NE TE BATTRAIS PLUS JAMAIS !
NON !! SI TU Y VAS,
JE VAIS MOURIR D'INQUIÉTUDE !

UH
SI TU CHOISIS CHIAKI PLUTÔT QUE MOI...
JE VAIS ME NOYER DANS UNE MER DE LARMES !
PLIC
PLOC
!!
...
KASHIWA !
TAP TAP TAP

SI J'ATTENDS ICI JE VAIS SÛREMENT LES VOIR PASSER...
CHIA-KI...
IL NE BOUGE PAS...
JE T'AVAIS DIT DE RENTRER CHEZ TOI...
NE LE RÉVEILLE PAS,
ON L'AMÈNE À L'HÔPITAL.
IL RISQUE D'Y RESTER UN PETIT MOMENT...

TIENS.
RENTRE MAINTENANT.
T'INQUIÈTE, KASHIWA SE CHARGE DU RESTE.
TU POURRAIS ME DONNER LE PORTABLE DE TERU ?
HIRATA, KAPPEI, OCCUPEZ-VOUS DE TERU.
JE VOUS REJOINS.
JE SENS BIEN QUE JE FAIS PAS PARTIE DE LEUR GROUPE.
JE N'AI JAMAIS ÉTÉ UN DE SES POTES…
NE T'APPROCHE PLUS DE TERU.
JE NE VEUX PLUS JAMAIS LE VOIR DANS CET ÉTAT.
SI KIJIMA S'EN EST PRIS À TOI…
C'EST PARCE QUE TU ES LE PLUS FAIBLE DES AMIS DE CHIAKI.

JE VEUX QUE TU RESTES EN RETRAIT POUR SON BIEN.
TU ES SON...
TALON D'ACHILLE ?
OUI.
C'EST POUR ÇA QUE...
CE QUE TU M'AS DIT
AU TÉLÉPHONE...
QU'IL AVAIT BESOIN DE MOI.
C'ÉTAIT VRAI ?
JE VOUS AI VUS...
VOUS EMBRASSER.

C'EST TOI QU'IL AIME, NON ?
JE L'AI LAISSÉ TOMBER.
«NE LE DIS PAS À KASHIWA»
J'AI COMPRIS.
TU T'ES TROMPÉ.
VAS-Y.
IL ATTEND...
SON MEILLEUR AMI.
CELUI QUE CHIAKI ATTENDAIT TOUS LES JOURS
DANS NOTRE BASE C'ÉTAIT TOI, PAS MOI.

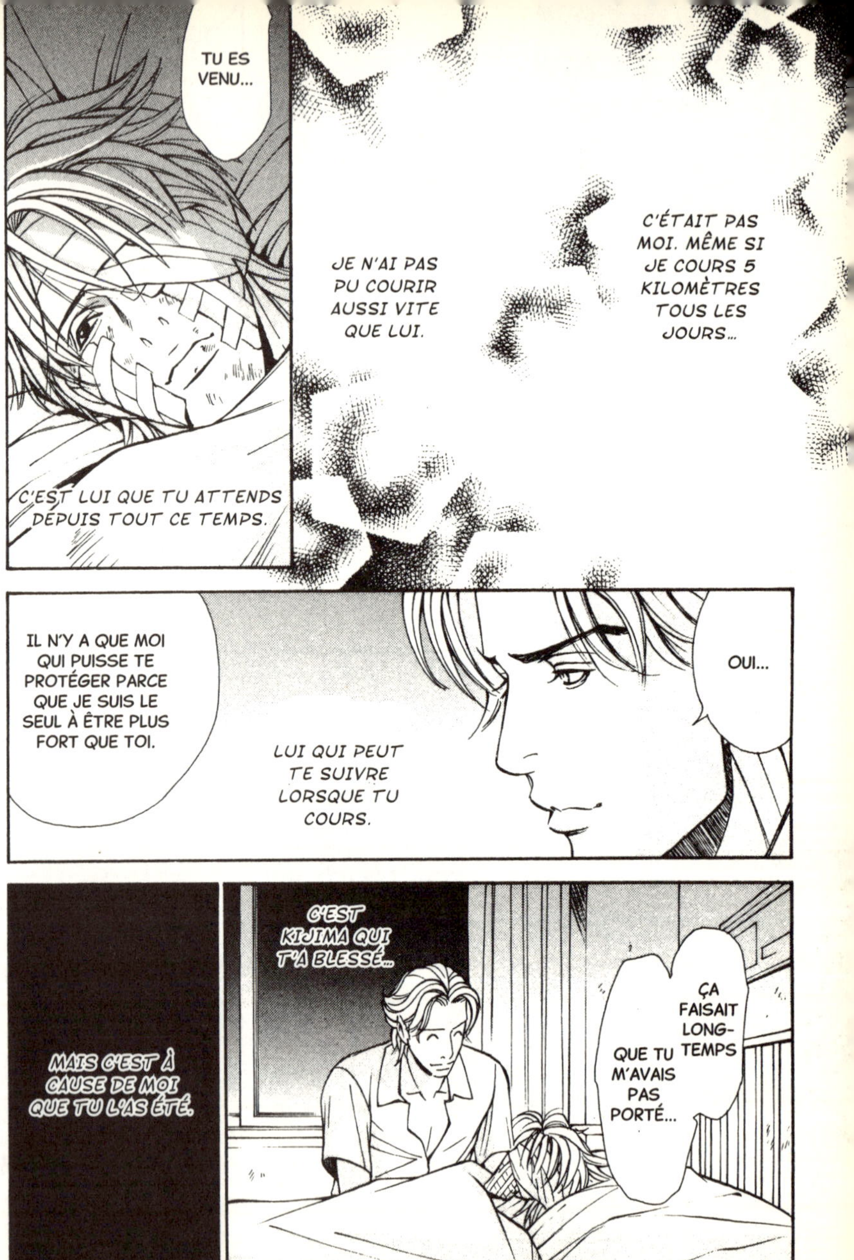
C'ÉTAIT PAS MOI. MÊME SI JE COURS 5 KILOMÈTRES TOUS LES JOURS...
JE N'AI PAS PU COURIR AUSSI VITE QUE LUI.
TU ES VENU...
C'EST LUI QUE TU ATTENDS DEPUIS TOUT CE TEMPS.
OUI...
LUI QUI PEUT TE SUIVRE LORSQUE TU COURS.
IL N'Y A QUE MOI QUI PUISSE TE PROTÉGER PARCE QUE JE SUIS LE SEUL À ÊTRE PLUS FORT QUE TOI.
ÇA FAISAIT LONG-TEMPS
QUE TU M'AVAIS PAS PORTÉ...
C'EST KIJIMA QUI T'A BLESSÉ...
MAIS C'EST À CAUSE DE MOI QUE TU L'AS ÉTÉ.

ET MIKI ?
IL N'EST PAS LÀ ?
C'EST LUI QUI T'A APPELÉ NON ?
MIKITY EST RENTRÉ.
IL FAUT QUE JE LUI FASSE DES EXCUSES...
C'EST À CAUSE DE MOI SI...
OUI,
MAIS...
IL DOIT ÊTRE MAL À L'HEURE QU'IL EST. IL FAUT QUE JE LE VOIE.
QUAND EST-CE QUE JE VAIS POUVOIR SORTIR ?
TU NE DOIS PLUS VOIR MIKITY.
TU SAIS POURQUOI ILS S'EN SONT PRIS À LUI.
QUOI ?
JE LE...
JE LE PROTÉGERAI...
TERU !
C'EST POUR ÇA QU'ILS S'EN SONT PRIS À LUI !

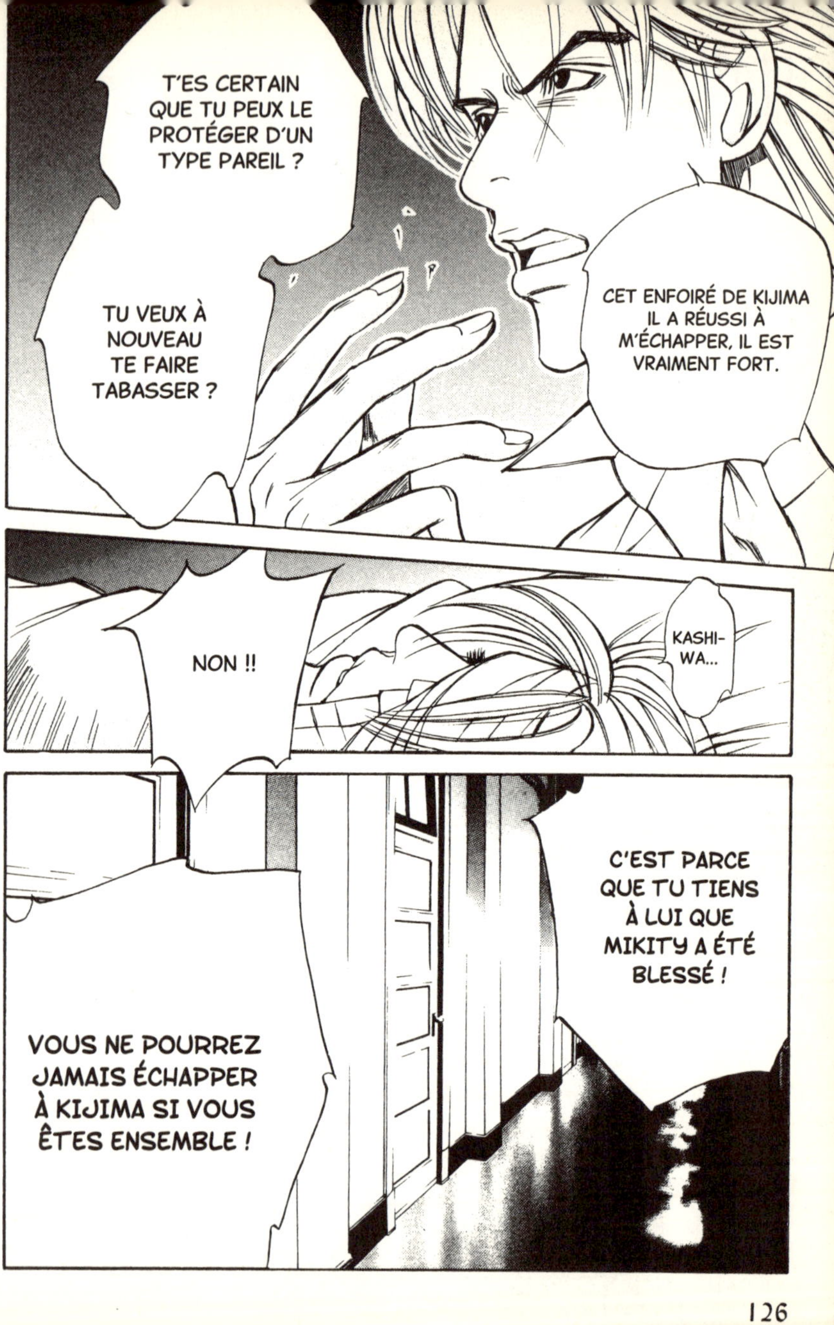
CET ENFOIRÉ DE KIJIMA IL A RÉUSSI À M'ÉCHAPPER, IL EST VRAIMENT FORT.
T'ES CERTAIN QUE TU PEUX LE PROTÉGER D'UN TYPE PAREIL ?
TU VEUX À NOUVEAU TE FAIRE TABASSER ?
KASHI-WA...
NON !!
C'EST PARCE QUE TU TIENS À LUI QUE MIKITY A ÉTÉ BLESSÉ !
VOUS NE POURREZ JAMAIS ÉCHAPPER À KIJIMA SI VOUS ÊTES ENSEMBLE !

MIKI...
ぶVVVV
ぶVVVVV
ぶVVVV
«COMMENT VAS-TU ?
JE SUIS VRAIMENT DÉSOLÉ POUR
AUJOURD'HUI»
CHIAKI...

«T'ES ENCORE VIVANT CRÉTIN DE CHIEN ? TU FERAIS MIEUX DE DORMIR.»
HU HU HU
PS :
«NE RETOURNE PAS À LA BASE ON EST GRILLÉS. J'IRAI PLUS NON PLUS. NE NOUS VOYONS PAS PENDANT UN MOMENT. À PLUS.»
...
RESTE AMI AVEC KASHIWA...
ÇA FAISAIT LONGTEMPS...
MAIS JE CROIS...
QUE JE VAIS PLEURER.

BVVVV
BVVVV
BVVVV
KSCH
«MIKI, TU TE SOUVIENS DE LA PREMIÈRE FOIS QU'ON A COURU ENSEMBLE ?»
«ON S'ÉTAIT TELLEMENT AMUSÉS...»

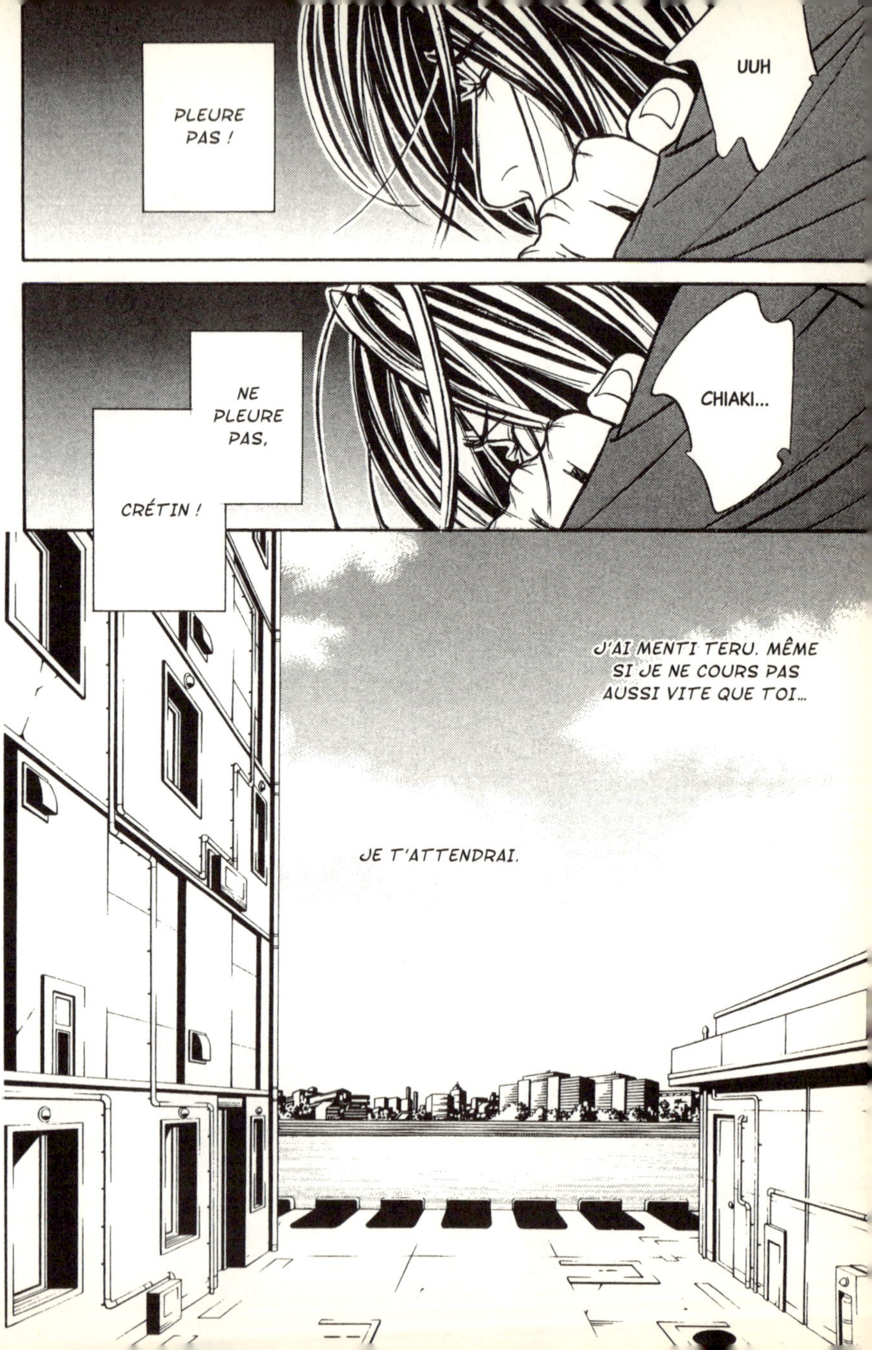
UUH
PLEURE PAS !
CHIAKI...
NE PLEURE PAS,
CRÉTIN !
J'AI MENTI TERU. MÊME SI JE NE COURS PAS AUSSI VITE QUE TOI...
JE T'ATTENDRAI.

JE T'ATTENDRAI.
MÊME SI TU NE VIENS PAS.

CHAPITRE 17/FIN

MIKI
MIKI
MIKI
DOG STYLE
HN ?
TOUT VA BIEN !
RÉVEILLE-TOI !
SÉRIEUX ?
OUI.
JE SUIS VENU.
VRAIMENT ?
MAIS OUI JE SUIS LÀ.
JE SUIS À TES CÔTÉS ALORS, OUVRE LES YEUX.

C'EST VRAI ?
DOG STYLE
CHAPITRE 18

CHIAKI !
IL N'EST PAS VENU.
«TU ES SEUL»
«IL N'EST PAS LÀ»
AUJOURD'HUI ENCORE ...
«POURQUOI EST-CE QU'IL VIENDRAIT DE TOUTE FAÇON ?»
IL NE VIENDRA PAS.
«IL NE VIENDRA PAS, MÊME SI TU L'ATTENDS.»

«AHA-HAHA-HA»
AAAAAAAAH
«TU AS PEUR MIKI ?»
C'EST JUSTE DANS MA TÊTE ! C'EST JUSTE DANS MA TÊTE !
«PERSONNE NE VA VENIR TE SAUVER, TU SAIS ?»
«QU'EST-CE QUE TU CROIS !»
«TU PEUX TOUJOURS ATTENDRE, PERSONNE NE VIENDRA»
«PERSONNE NE VIENDRA T'AIDER»
«MÊME TON PORTABLE NE SONNE PLUS»
ガタ
BRR
ガタ
BRR
ガタ
BRR
ガタ
BRR
ガタ
BRR

ガタ
BRR
ガタ
BRR
ガタ
BRR
ガタ
BRR
MIKI !
ÇA VA ALLER... ÇA VA ALLER...
BRR
ガタ
ガタ
BRR
ガタ
BRR
IL VA VENIR...
C'EST SÛR...
T'EN FAIS PAS...
BRR
ガタ
ガタ
BRR
ガタ
BRR

«FALLAIT S'ATTENDRE À CE QUE L'AMI D'UN CHIEN ERRANT SOIT AUSSI UNE PETITE MERDE...»
«TERAYAMA VA DEVENIR MA CHIENNE.»
«JE VAIS LE TRAQUER ET LE VIOLER JUS-QU'À CE QU'IL NE SOIT PLUS QU'UNE LOQUE.»
«C'EST TA FAUTE, TU ES FAIBLE.»
«T'ES INCAPABLE DE PROTÉGER TON POTE, T'ES QU'UNE MERDE.»

«TERAYAMA DOIT AVOIR LES BOULES D'AVOIR UN POTE COMME TOI.»
«C'EST PARCE QU'IL COMPTE POUR TOI QU'IL A EU DES ENNUIS !»
«SI VOUS RESTEZ ENSEMBLE VOUS NE SEREZ JAMAIS TRANQUILLES.»
...
JE CROYAIS QUE MON SEUL POINT FAIBLE...
ÉTAIT MA TAILLE, MAIS...

CD-R 700
AH
T'ES RENTRÉ ?
ET TON CLUB ?
JE L'AI QUITTÉ.
TU ARRÊTES ?!
JIRÔ...
QUI T'A DONNÉ CE CD ?
HEU ...
C'ÉTAIT DANS LA BOÎTE AUX LETTRES.
IL N'Y AVAIT PAS D'ADRESSE DESSUS.
IL Y AVAIT JUSTE ÉCRIT «POUR KASHIWA LE TALENTUEUX JOUEUR DE TENNIS»
ET JE...

EUH...
JE NE ME VOYAIS PAS TE LE MONTRER...
ALORS, J'AI RIEN DIT.
MAIS TU L'AS RECONNU...
TU L'AS DIT À TERU ?
HEU ...
TERU...
C'EST MA FAUTE
CE QUI LUI EST ARRIVÉ.
J'AI ABAN-DONNÉ MIKI,
IL Y A TROIS ANS.
LE MEC, C'ÉTAIT MON PROF DE TENNIS.
JE LES AI VUS S'EM-BRASSER...
MIKI M'A VU AUSSI...MAIS JE...
JE L'AI ABANDONNÉ ET JE SUIS RENTRÉ ET JE T'AI DIT..
«MIKI ME DÉGOÛTE.»

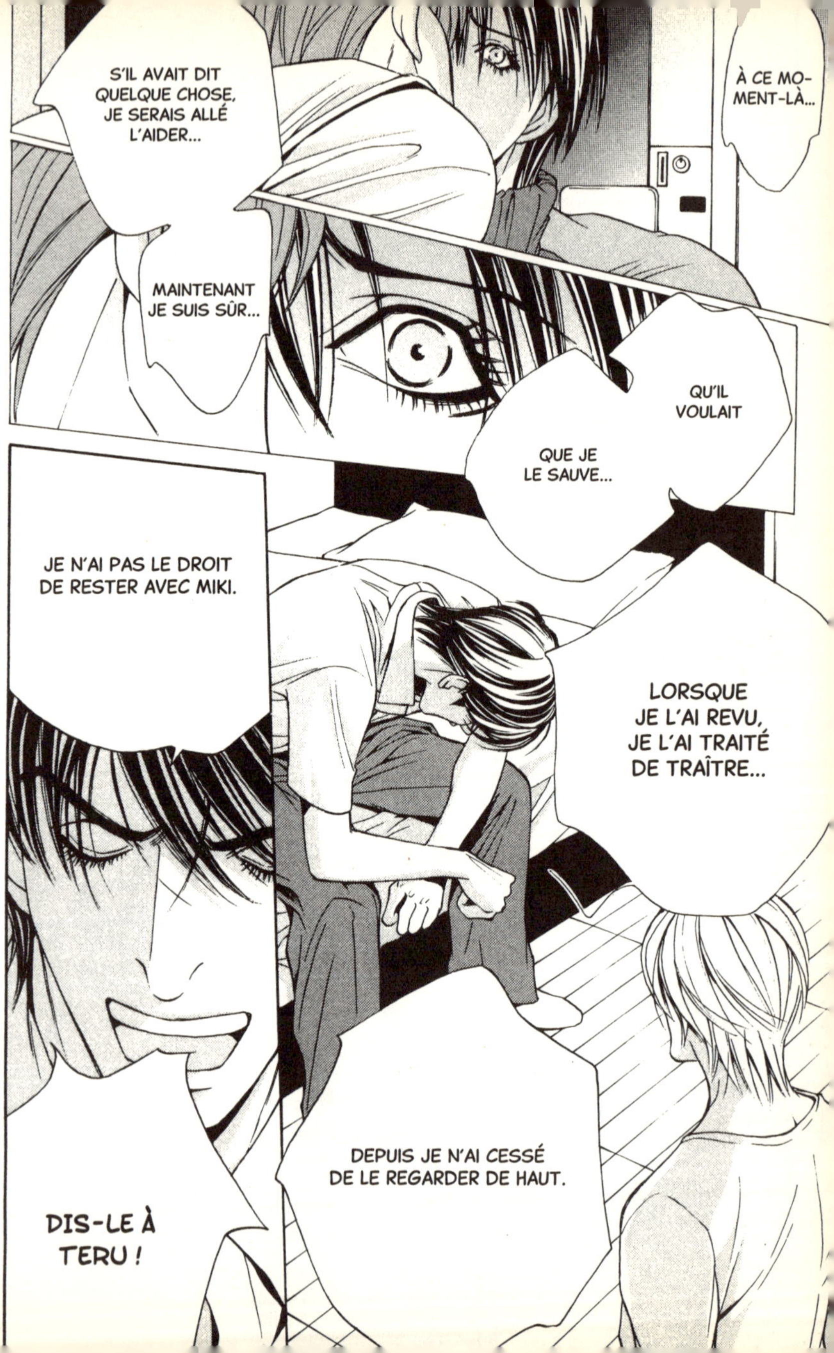

À CE MOMENT-LÀ...
S'IL AVAIT DIT QUELQUE CHOSE, JE SERAIS ALLÉ L'AIDER...
MAINTENANT JE SUIS SÛR...
QU'IL VOULAIT
QUE JE LE SAUVE...
LORSQUE JE L'AI REVU, JE L'AI TRAITÉ DE TRAÎTRE...
JE N'AI PAS LE DROIT DE RESTER AVEC MIKI.
DEPUIS JE N'AI CESSÉ DE LE REGARDER DE HAUT.
DIS-LE À TERU !

JE NE LUI...
DIRAI PAS.
MIKI ET MAINTE-NANT TOI...
VOUS VOUS REPOSEZ TOUJOURS SUR LUI...
C'EST TOI QUI DEVRAIS T'OCCUPER DE MIKI...POURQUOI TU PENSES QUE JE T'AI MIS AU COURANT ?
TERU EST MON AMI !
TOUT LE MONDE ESSAIE DE ME LE PRENDRE...
JE SAIS QUE C'EST MA FAUTE, MAIS...

J'AI ENFIN COMPRIS COMBIEN IL M'ÉTAIT PRÉCIEUX. ALORS NE ME LE PRENEZ PAS !
LAISSEZ-MOI LE PROTÉGER !
LE PROTÉ-GER ?
MIKI N'EN EST PAS CAPABLE...
JE VAIS TOUT TE DIRE...
PARDONNE-MOI...
JE SAVAIS QU'IL ÉTAIT ARRIVÉ QUEL-QUE CHOSE.
JE SAVAIS QUE JIRÔ AVAIT ÉTÉ IMPLI-QUÉ DANS UNE BAGARRE LA SEMAINE D'AVANT ET LE LENDEMAIN MIKI AVAIT DES BLEUS AU VISAGE...

JE N'AI PAS DEMANDÉ À MIKI D'OÙ VENAIENT CES BLEUS...
JE N'AI PAS EU LE COURAGE...
JE ME RENDS COMPTE QUE JE ME SUIS TOUJOURS COMPORTÉ COMME UN CONNARD AVEC LUI...
JE SAVAIS DÉJÀ
JE T'AT-TENDS ...
HAA
HAA
HAA
JE...T'AT-TENDS...
HAA
QU'IL M'AIMAIT, À CE MOMENT-LÀ.
C'EST POUR ÇA...
HAA
NE PARS PAS...
HAA
QUE JE N'AI PU CONTENIR MA COLÈRE.
KASHIWA ...
J'AI PENSÉ «POURQUOI LUI ET PAS MOI ?»
MIKI...

QUAND J'ÉTAIS AU COLLÈGE, J'AI ÉTÉ MENACÉ ET ENLEVÉ PAR UN PERVERS.
PENDANT QU'IL ME VIOLAIT DANS SA CHAMBRE, J'AI AT-TENDU 36 HEURES ET 17 MINU-TES
PENDANT LES-QUELLES J'AI VU S'AFFICHER LE NOM DE KASHIWA SUR MON PORTABLE UN NOMBRE INCALCULA-BLE DE FOIS.
JE NE POUVAIS PAS DÉ-CROCHER, MAIS...
APPEL ENTRANT : KASHIWA
JE LUI HURLAIS DE ME VENIR ME SAUVER.
BVVV
BVVV
!
BVVV
ALLO ?
ALLO...
KASHIWA ?

OUI
MIKI...
C'EST MOI...
SI C'EST LE CAS, PEUT-ÊTRE VAIS-JE POUVOIR TE PARDONNER...
KASHIWA...
MIKI, OÙ ES-TU ?
KASHIWA...
JE...
MIKI...
NE T'INQUIÈTE PAS.
S'IL TE PLAÎT, EST-CE QUE TU POURRAIS ME DONNER LE NUMÉRO DE TERU ?

JE VAIS LUI DIRE DE TE REJOINDRE...
HEIN ...
C'EST AVEC TERU QUE TU DOIS ÊTRE.
NE TE RETIENS PAS.
JE VAIS DIRE À TERU
COMBIEN C'EST GÉNIAL D'ÊTRE À TES CÔTÉS.
JIRÔ ET MOI ON SE CHARGERA DE KIJIMA ET DES AUTRES.
À LA BASE C'EST SA FAUTE.
SI ÇA S'ENVENIME, ON POURRA TOUJOURS APPELER LES FLICS...
QU...QUOI ?

TU NE VEUX PAS ?
TU...
QU'EST-CE...
QU'EST-CE QUE TU RACONTES ? TU ES BIZARRE !
CELA FAIT SI LONGTEMPS QUE J'ADMIRE KASHIWA...
NON PAS DU TOUT.
QUE J'AI FINI PAR PRENDRE CES SENTIMENTS POUR DE L'AMOUR.
TU L'AS VUE, HEIN ?
TU L'AS VUE !
LA VIDÉO...
TU L'AS...
ET ENCORE MAINTENANT
JE ME BERCE D'ILLUSIONS.

VIENS.
OUI, J'ÉTAIS AMOUREUX DE KASHIWA.
JE...
JE T'ATTEN-DAIS.
JE T'ATTEN-DAIS...
KASHI-WA.

CHIAKI N'ÉTAIT PAS LE SEUL À ATTENDRE
UN DES FRÈRES KASHIWA DANS CET IMMEUBLE...
MOI AUSSI J'ATTENDAIS.
IL N'Y A QU'UNE PERSONNE QUI PUISSE GUÉRIR MES SENTI-MENTS MIS EN PIÈCES.
ET C'EST KASHIWA.
MIKI !
SEULE-MENT KASHIWA.

PARDON MIKI...
PARDON !
JE NE ME SOUVIENS PLUS TRÈS BIEN.
CE QU'IL M'A DIT...
ET CE QUE, MOI, JE LUI AI DIT.
L'Y AI-JE POUSSÉ OU CELA S'EST-IL FAIT NATURELLEMENT ?

QUEL CON JE SUIS...
TU ÉTAIS LÀ DEPUIS LE DÉBUT ET
JE NE T'AVAIS PAS REMARQUÉ...

REGARDE REGARDE !
!
TERU !
KYAH
C'EST TERAYAMA ! IL EST TROP BEAU !
LÂCHE-MOI.
EST-CE QUE SA COPINE EST DANS NOTRE CLASSE ?
CHIAKI !
HEIN ?
NAN !
ILS SE CONNAISSENT ?

VAS-Y TERU.
KASHI...
VA LUI PARLER.
FACE À FACE.
JE T'AI ATTENDU
HIER...
J'AI JUSTE EU
UN FLASH-BACK...
ALORS COMME ÇA C'EST MA FAUTE ?
JE N'Y RETOURNERAI PLUS.
ALORS, NE M'ATTENDS PAS.
T'ES JALOUX ?

JALOUX ?
T'AI-JE DIT UNE SEULE FOIS QUE JE T'AIMAIS ?
ENFOIRÉ ...
POURQUOI JE SERAIS JALOUX ? C'EST TOI QUI M'AS FAIT UNE DÉCLARATION
ET QUI ES PARTI DANS UN DÉLIRE TOUT SEUL !
C'EST PAS VRAI,
TU...
J'AI LA RAGE !
POURQUOI EST-CE QUE
TU L'AS FAIT VENIR À L'IMMEUBLE ?

AH...
JE N'AI JAMAIS PARLÉ DE L'IMMEUBLE À PERSONNE !
MÊME PAS... À KASHIWA...
JE LUI AI FAIT
PERDRE SON REFUGE...
J'AVAIS ENVIE DE LUI EN PARLER,
MAIS JE NE L'AI JAMAIS FAIT PARCE QUE CET ENDROIT...
M'EST PRÉCIEUX...
LE SEUL ENDROIT OÙ...
PAS ÇA...
CHI...
LA FERME !
JE NE M'APPROCHERAI PLUS
DE CET IMMEUBLE
NI DE TOI, D'AILLEURS !

C'EST FOUTU...!
J'AI FAIT LA PIRE CHOSE QUE JE POUVAIS FAIRE... J'AI MARCHÉ SUR UNE MINE...
PARDON CHIAKI...
TU DEVAIS ÊTRE CONTENT
IL ME FORCE À LE DIRE
...
ET TOI ?
MIKI...
QUE KASHIWA SOIT VENU POUR TOI.
TU ÉTAIS HEUREUX
QUE KASHIWA SOIT VENU POUR TOI ?
QUE PUIS-JE DIRE D'AUTRE ?

C'EST BIEN TOI
QUI AS VOULU QUE JE L'APPELLE !
MOI, JE NE T'AURAIS JAMAIS FAIT ÇA !
PARCE QUE JE SAIS QUE C'EST UN TERRAIN MINÉ !
TU POUVAIS L'APPELER TOI-MÊME ENFOIRÉ !
MAIS IL A FALLU QUE CE SOIT MOI !
TU AURAIS DÛ L'APPELER TOI-MÊME !
J'ÉTAIS LOIN D'AVOIR ENVIE DE LUI DIRE
QUE JE NE SERVAIS À RIEN !

DE-MAN-DE-LE-MOI
UNE DERNIÈRE FOIS STRAY DOG.
JE NE TE FERAI PAS ÇA CHIAKI...
EST-CE QUE TU ÉTAIS HEUREUX ?
ET TOI CHIAKI ?
JE NE RÉPONDRAI PAS...
DIS-LE...

OUI
J'ÉTAIS
HEUREUX...

BAAM

CHAPITRE 18 / FIN

ON S'EST CROISÉS PAR HASARD DANS LE COULOIR.
OH
AH
SA-LUT.
HEU ... BONJOUR.
HEU ... JE...
VOUS AVEZ FAIT DES COURSES ?
C'EST BÊTE, NON ?
OUI, C'EST LE DÉJEUNER DE MIKI.
AH D'AC-CORD.
CHAPITRE 19
DOG STYLE

SA...
FFH
AHAHA
À PLUS !
SALUT TERA-YAMA.
...
JE... JE NE SUIS PLUS PERSONNE ?

J'AI ENVIE D'ALLER À LA BASE SECRÈTE...
SINON JE PEUX AUSSI ME TROUVER QUELQU'UN AVEC QUI BAISER...
MIKI ?
POUR OUBLIER CE QUI ME RONGE.
ON VA QUELQUE PART ?
NON ...
JE RIGOLE !
CEST PAS VRAI !
ON A ENCORE DES COURS ET TU AS LE CLUB DE TENNIS.
OK.
TU VEUX ALLER OÙ ?

ET VOILÀ LE DÉJEUNER !
DE CORVÉE
BAH...ET TERU ?
IL EST RENTRÉ.
C'EST MA...
NON.
CE N'EST PAS TA FAUTE.
JE CROIS QUE C'EST À CAUSE DE MIKI...

POURQUOI TU CAPTES PAS LES SENTIMENTS DE TON MEILLEUR AMI ?
DITES...
EST-CE QU'AU MOINS VOUS COMPRENEZ VOS PROPRES SENTIMENTS ?
C'EST POUR ÇA QU'AUCUNE ENTENTE MUTUELLE N'EST POSSIBLE.
«EN-TENTE MUTUEL-LE» ?
IL FAUT QUE VOUS VOUS DISIEZ
VOS QUATRE VÉRITÉS.
GRIP

AAAAHHHHHH

ÇA TE VA CHEZ MOI ?
ON POURRAIT PLUTÔT...
NON C'EST BIEN.
ET CET IMMEUBLE ?
TU Y ALLAIS QUAND TU TE SENTAIS MAL...
...
NON ?
TU VEUX Y ALLER ?
...
JE N'Y RETOURNERAI PLUS.
LES MÉGOTS...
LES CANNETTES VIDES...

TU VEUX PLEURER ?
NON... JE VEUX TOUT OUBLIER...
NON.
HUM ...
NE SOIS PAS GENTIL AVEC MOI
ALORS QUE TU ME BAISERAS PAS.
QUAND JE ME SENS MAL
J'AI ENVIE DE BAISER...
JE NE VEUX ALLER NULLE PART.

JE ME FOUS DE SAVOIR QUI EST MON PARTENAIRE TANT QU'IL ME FAIT JOUIR.
ARRÊTE D'ÊTRE GENTIL.
JE PEUX
SI TU VEUX ?
NON...
NE TE FORCE PAS.
C'EST PAS LE CAS.
T'ES CON OU QUOI ?
T'ES FOU
OU TU TE FICHES DE MOI ?
NON.
MIKI, TOI NON PLUS
TU NE SAIS PAS GRAND-CHOSE DE MOI.

JE VEUX TE CONNAÎTRE.
QUI EST VRAIMENT
MIKI TERAYAMA ?
DIS-MOI
CE QUE JE SUIS POUR TOI.
FAIS-MOI L'AMOUR.

PARDON MON DIEU, JE SUIS UN ÊTRE FAIBLE.
AU POINT DE FAIRE L'AMOUR AVEC MON MEILLEUR AMI LORSQUE JE SOUFFRE.
KSCH

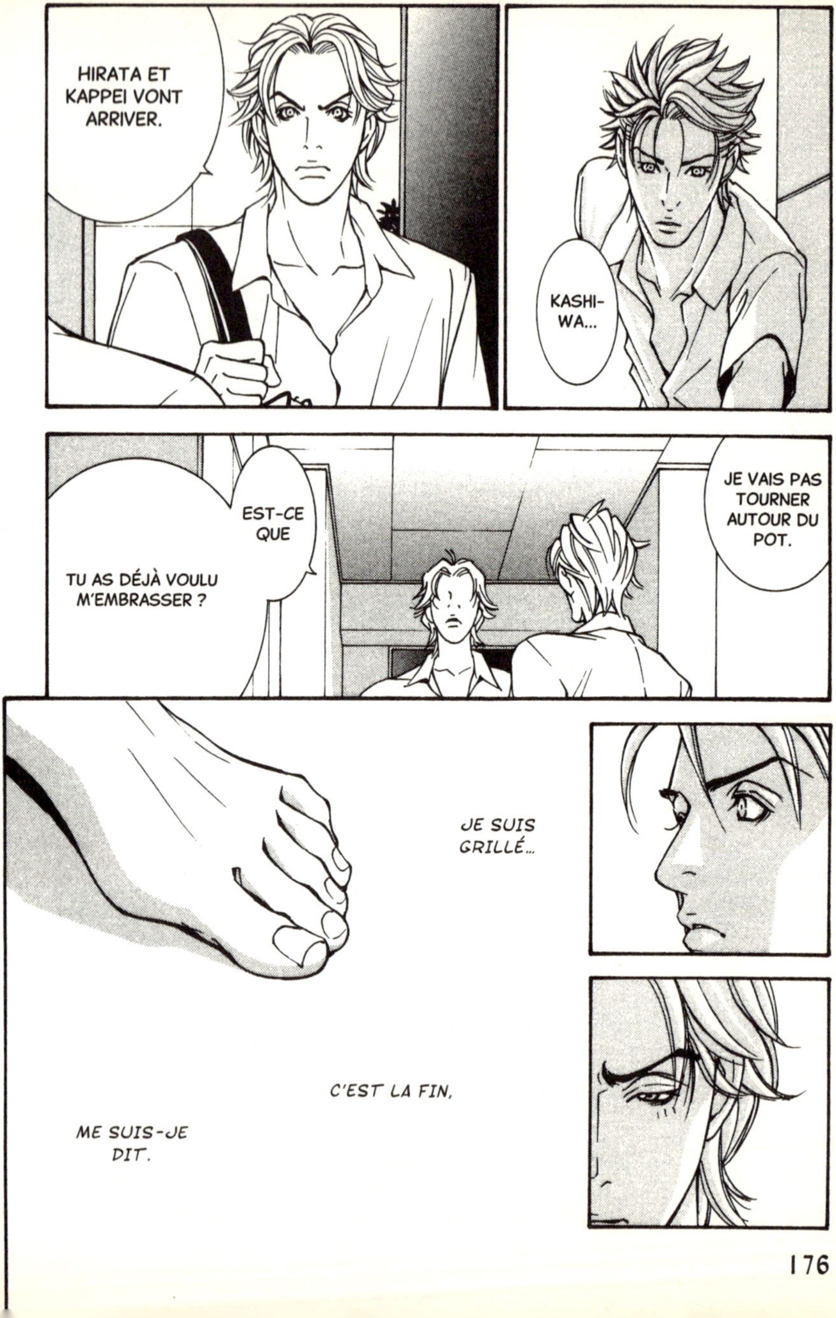
HIRATA ET KAPPEI VONT ARRIVER.
KASHI-WA...
JE VAIS PAS TOURNER AUTOUR DU POT.
EST-CE QUE
TU AS DÉJÀ VOULU M'EMBRASSER ?
JE SUIS GRILLÉ...
C'EST LA FIN,
ME SUIS-JE DIT.

OUI...
UNE OU DEUX FOIS.
JE VOIS.
J'ÉTAIS COMPLÈTEMENT NAÏF...
LORSQU'HIRATA M'A DIT
QU'UNE FOIS L'IDÉE DE T'EMBRASSER LUI ÉTAIT PASSÉE PAR L'ESPRIT...
J'AI ÉTÉ TRÈS CHOQUÉ...
PARDONNE MA NAÏVETÉ TERU, JE SUIS PUÉRIL.
JE N'AI JAMAIS PENSÉ À CE GENRE DE CHOSES.
JE T'AIME... COMME UN GOSSE. JE T'ADORE. CE N'EST PAS ASSEZ ?
MAIS...

JE VAIS...
JE VAIS FAIRE TOUT MON POSSIBLE
POUR MÉRITER TON AMITIÉ.
PFUH
HAHAHA
TERU ?
KASHIWA EST VRAIMENT UN TYPE BIEN...
JE NE VAIS PAS POUVOIR LUI EN VOULOIR
DE TOUTE MA VIE.
J'AI DIT QUELQUE CHOSE DE BIZARRE ?
HUH
HUH
HUH
HUH
HUH
HUH
T'ES SÛR
QUE T'ÉTAIS SUPPOSÉ ME DIRE...

J'AIMERAIS TE DEMANDER
QUELQUE CHOSE EN TANT QU'AMI.
HUM ?
TU ESSAIES TOUJOURS
DE GARDER TES SENTIMENTS POUR TOI.
IL FAUT QUE TU CORRIGES CETTE MANIE.
JE VOIS...
IL FAUT QUE TU EXPRIMES TES SENTIMENTS.
OK...
ALORS VAS-Y !
AH
À PROPOS D' HIRATA ?
TU SAIS KASHIWA
HÉHÉ
HÉHÉ
MOI AUSSI JE T'AIME
COMME UN GOSSE !
SNIF

VA RETROUVER MIKITY !
ET DIS-LUI CE QUE TU RESSENS !
MAINTE-NANT !
JE TE SOUTIENDRAI,
TOUT COMME TU M'AS SOUTENU !
KAPPEI ET HIRATA AUSSI !
ALLEZ, VA REJOINDRE MIKITY !

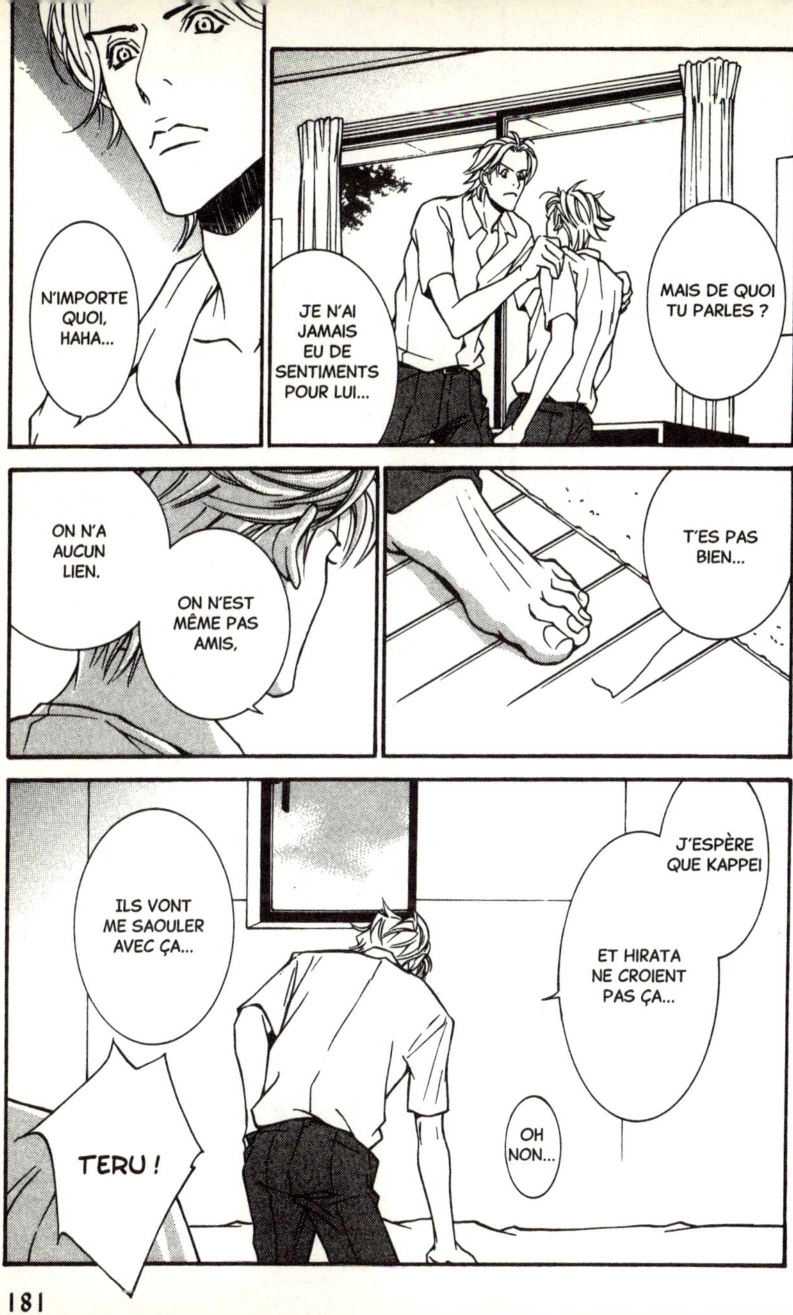
MAIS DE QUOI TU PARLES ?
JE N'AI JAMAIS EU DE SENTIMENTS POUR LUI...
N'IMPORTE QUOI, HAHA...
T'ES PAS BIEN...
ON N'A AUCUN LIEN.
ON N'EST MÊME PAS AMIS,
J'ESPÈRE QUE KAPPEI
ET HIRATA NE CROIENT PAS ÇA...
ILS VONT ME SAOULER AVEC ÇA...
OH NON...
TERU !

QUOI ?
ON SE FAIT UN KARAOKÉ QUAND ILS ARRIVENT ?
NON PAS COMME ÇA...
ET LÀ ?
...
ET COMME ÇA ?
...
NON.
...
TOUJOURS PAS.

HUM...
JE PEUX TE DEMANDER ?
QUOI ?
QU'EST-CE QUE TU VEUX FAIRE ?
POUF
QUOI ?
J'ESSAIE UN TRUC.
JE CHERCHE UN MOYEN POUR QUE TU ME PÉNÈTRES SANS QUE J'AIE À ME DÉSAPER.
POURQUOI ?
MAIS...
PARCE QUE TU N'AS PAS ENVIE DE VOIR MES POILS, MON CUL OU MA BITE...
MA PREMIÈRE FOIS JE ME SUIS DIT :
«UNE BITE ! AU-SECOURS-AU-SECOURS-AU-SECOURS-ELLE VA ME MANGER !»
TA PREMIÈRE FOIS C'ÉTAIT DANS DES CIRCONSTANCES PARTICULIÈRES QUAND MÊME...
D'AILLEURS, ÇA VA PEUT-ÊTRE
ME DÉPRIMER SI JE VOIS LA TIENNE.
AH ?
OUI, QU'EST-CE QUE JE VAIS FAIRE SI ELLE EST PLUS GROSSE
QUE LA MIENNE ?
HOP
......
PEUT-ÊTRE QUE MA BITE NE S'EN REMETTRAIT JAMAIS.
D'AILLEURS...

LA PREMIÈRE FOIS QU'ON S'EST EMBRASSÉS, ÇA M'A DÉPRIMÉ.
OH ?!
A DÉJÀ OUBLIÉ CE QU'ILS ÉTAIENT EN TRAIN DE FAIRE
OUI J'AI EU L'IMPRESSION QUE T'ÉTAIS MEILLEUR QUE MOI ET ÇA M'A FOUTU LES BOULES.
JE VAIS ÊTRE FRANC.
POURQUOI CE SERAIT TOI AU-DESSUS ?
POURQUOI PAS MOI ?
ÇA ME DONNE ENCORE L'IMPRESSION DE PERDRE.
PFUH
QUOI ?
AHAHAHAHA
EH BIEN...
TU ES TELLEMENT OBSÉDÉ PAR LE FAIT DE NE PAS PERDRE CONTRE MOI...

...
C'EST VRAI...
J'AI TOUJOURS ÉTÉ DERRIÈRE TOI.
TOU-JOURS.
HAA
HAA
J'AVAIS BEAU COURIR DE TOUTES MES FORCES, RIEN N'Y FAISAIT.
EN TENNIS, AU MARATHON, MÊME MA TAILLE...
MÊME SI J'AI DÉPASSÉ LE MÈTRE 80
TU FAIS QUAND MÊME 3 CM DE PLUS QUE MOI..
BOUH
HUHUHUHU
J'AI COMPRIS !
HUM ?
AHAHAHA
C'EST PARCE QUE TU COURAIS DERRIÈRE MOI QUE J'ÉTAIS CAPABLE DE COURIR SI VITE.
MOI NON PLUS JE NE VOULAIS PAS PERDRE CONTRE TOI !

MON MEILLEUR AMI EST EN TRAIN DE ME DIRE
QUE JE L'AI TOUJOURS POUSSÉ À SE DÉPASSER...
BON MAIN-TENANT QUE C'EST CLAIR...
VA REJOINDRE TERU !
HEIN ?
POUR QUOI FAIRE ?
IL NE T'A PAS CLAIREMENT JETÉ...
PEUT-ÊTRE...
HEIN ?
TU VEUX QUE J'AILLE ME FAIRE JETER CLAIRE-MENT ?
CETTE FOIS C'EST MOI QUI SERAI DERRIÈRE TOI.
C'EST QUOI CETTE PRESSION-LÀ !!

SI TU TE FAIS JETER, TU TE FAIS JETER.
ON N'AURA QU'À COURIR
ET ON VERRA QUI GAGNE.
MON MEILLEUR AMI EST EN TRAIN DE ME MOTIVER.
QUELLE DRÔLE DE JOURNÉE.
ET LE POMPON C'EST QUE JE RETOMBE SUR CE TYPE...
C'EST PAS VRAI...
C'EST ENCORE MOI !

DE MAUVAIS SOUVENIRS REVIENNENT À LA SURFACE
BAM
ENFUIS-TOI MIKI !
COURS !
T'AS PAS L'AIR MAUVAIS,
TOI...
JE PEUX PAS M'ENFUIR ET TE LAISSER LÀ !
PREND SES JAMBES À SON COU
AT-TENDS UN PEU TOI !
MERDE !
AH ! ÇA SUFFIT AVEC TES TRAUMATISMES !
HAA
TU NE TOUCHERAS PAS À UN CHEVEU DE MIKI !
HAA
IL N'A PLUS RIEN À VOIR AVEC TERU !
ILS SONT PLUS ENSEMBLE !
AH BON...
AAH !
T'ES SON NOUVEAU COPAIN ?
C'EST AVEC TOI QU'IL S'EN DONNE À COEUR JOIE MAINTENANT.

ALORS C'EST TOI QUE JE VAIS DÉFONCER.
JE VAIS TELLEMENT ME FAIRE PLAISIR QU'ON VA MÊME PLUS TE RECONNAÎTRE.
POUR-QUOI ?!
VIENS LÀ !
C'EST ÉVIDENT, C'EST PARCE QUE...
TU M'AS VOLÉ MON PETIT CHIAKI !
J'EN VEUX PAS DE TON AMOUR TORDU...
TU VEUX PAS ME LÂCHER LA GRAPPE ?
ON VA ENCORE CROIRE DES TRUCS SUR MON COMPTE...
SALUT GRAND FRÈRE !
T'AS UN DE CES SUCCÈS TERU !

TERU !
JIRÔ !
JE N'AI PLUS RIEN À VOIR AVEC TERAYAMA.
SÉRIEUX !
QU'EST-CE QUE TU FOUS LÀ SI T'AS RIEN À VOIR AVEC LUI ?
EH BIEN...
ENFOIRÉ !!
MIKI ?! QUAND EST-CE QUE TU...!
ÇA ME FOUT LES BOULES QUE DES GENS
PUISSENT PENSER QU'ON AIT PU SORTIR ENSEMBLE.
ÇA ME FOUT GRAVE LA GERBE !
ET MOI QU'EST CE QUE TU CROIS ! RIEN QUE DE PENSER QU'IL EXISTE UNE SEULE PERSONNE DANS L'UNIVERS QUI PUISSE CROIRE ÇA...
ÇA ME DONNE ENVIE DE *$%ε

UTILISE DES MOTS ! FAIS UN EFFORT !
TOI, FAIS UN EFFORT AVEC LA TRONCHE QUE TU TE TAPES !
LEQUEL CHOISIR ?
J'AI DÉJÀ VIOLÉ TERAYAMA...
TU TE SOUVIENS ?
TU ÉTAIS TELLEMENT MIGNON...
ET TON ANUS ÉTAIT SI ROUGE ET EXCITÉ...
TU ÉCARTAIS LES CUISSES
ME SUPPLIANT
DE TE PRENDRE.

TU VEUX QUE JE PÉNÈTRE À NOUVEAU
TON
C-U-L ?
SBAM
UGH
DEMON'S LIFE
DE-MON'S LOVE
ÇA A ÉTÉ LE SIGNAL DE DÉPART.
ENFOIRÉ !
DASH

VITE !
FUYEZ !
ALLEZ !
FUYEZ TOUS LES DEUX !

ALLEZ-Y !
NOUS ONT DIT NOS DEUX MEILLEURS AMIS
EN NOUS TOURNANT LE DOS.
CHAPITRE 19 / FIN

ALLEZ !
PAF
PARTEZ !
PAF
OUH
FILEZ ENSEMBLE !
OOOOOH
OUAIIIIS !

KASHIWA !
OUAAAAAAH
SI JE NE LUI PRENDS PAS
TOUT DE SUITE LA MAIN

TOUT S'ARRÊTERA LÀ,
JE PENSE.
SANS QU'ON SE SOIT DIT AU REVOIR...

DOG STYLE
CHAPITRE 20

«AU REVOIR»
«MERCI»
«J'AI PASSÉ DE BONS MOMENTS AVEC TOI»

KASHIWA !
HIRATA !
HUM
KAPPEI !
OUAIS !
ET LE GRAND FRÈRE !
CHIAKI !

TU FUIS CHIAKI ?
ENFOIRÉ !
RATTRA-PEZ-LES !
ENFOIRÉS !
CHIAKI !
REVENEZ LÀ !
ATTRA-PEZ-LES !
CHIAKI !
MIKI !!
MIKI !!
CHIA-KIIII !!!
TU VAS GICLER !
DÉGAGE !
ET HOP.
J'AI FINI LE MIEN !
TU ME PRÊTES LE TIEN ?

ON VA OÙ ?
TU DÉCIDES !
HUM
ALLONS VERS L'OUEST !
COURONS VERS L'OUEST !
NE LÂCHE PAS MA MAIN !
OK TANT QUE J'AIE PAS À TE TIRER !
PEU IMPORTE LA DIRECTION.
WAAAAAH
C'EST ÇA DES AMIS ?
PFF
DES AMIS NE S'ENFUIENT PAS EN LAISSANT LEURS POTES !
HEIN CHIAKI !
HAA
HAA
HAA
MAIS, JE CONNAIS
CE CHEMIN !

AH BON ?
OUI ESPÈCE DE TRAÎTRE !
T'ES PARTI EN LAISSANT TES POTES !
HEIN ?
T'IN-QUIÈ-TE !
TU PEUX COMPREN-DRE, NON ?
T'ES LOURD !
TERU EST UN CRÉTIN...
WAAAAH !
COUI
ON LUI A DIT DES TONNES DE FOIS QU'ON ÉTAIT TOUJOURS PRÊTS À L'AIDER...
COUI
MAIS IL NE NOUS A JAMAIS RIEN DEMANDÉ
ET VOILÀ QU'ENFIN IL NOUS FAIT CONFIANCE !
OUI C'EST LE CHEMIN QUE NOU
AVONS EMPRUNTÉ LA PREMIÈR
FOIS QUE NOUS AVONS COURU
ENSEMBLE.

J'AVAIS L'IMPRESSION QUE MON RÔLE ÉTAIT TERMINÉ. QUE STRAY DOG NE SERAIT PLUS SEUL MÊME SANS MOI.
IL Y A LE MUR LÀ-BAS !
NOUS L'AVONS FRANCHI ENSEMBLE AUTREFOIS.
IL FAISAIT AU MOINS 3 MÈTRES !
OUI
TU M'AVAIS AIDÉ À ME HISSER.
OUI
ÇA ME RAPPELLE PLEIN DE TRUCS.
OUI
N'ESSAYONS PAS
DE LE FRANCHIR AUJOURD'HUI.
OK
IL EST ÉNORME.
... VOULAIT-IL DIRE QUE LE MUR ÉTAIT ÉNORME OU ÉTAIT-CE...

OUI
IL EST ÉNORME.
LA DOULEUR, LA SOLITUDE, TOUS CES MURS QUE NOUS N'AVIONS PAS PU FRANCHIR... ILS ÉTAIENT EN TRAIN DE S'EMBRASER DANS LES FLAMMES DU SOLEIL COUCHANT. J'AI COMPRIS CHIAKI...C'EST UNE CÉRÉMONIE D'ADIEU.
ET FINALE-MENT...
...
NOUS N'Y SOMMES PAS ENTRÉS.

QUEL EST TON DERNIER SOUHAIT ?
QUE TU ME FASSES UN DE TES BAISERS SPÉCIAUX.

JE N'EMBRASSERAI PAS UN MEC
QUI EST SUR LE POINT DE ME LARGUER.
ALORS
CONTINUE À SOURIRE.
CE SERAIT TROP FACILE DE PLEURER.
J'AIMERAIS QUE TU CHOISISSES
LA DIFFICULTÉ
PLUTÔT QUE LA FACILITÉ.

VOILÀ, C'EST LA FIN.
NE ME DEMANDEZ PAS POURQUOI C'ÉTAIT TROP DIFFICILE
D'ESSAYER DE POURSUIVRE UNE RELATION QUE NOUS SAVIONS ÊTRE À SON TERME.
QU'EST-CE QUE C'EST BEAU...
OUI ...
SI NOUS AVIONS ÉTÉ UN PEU PLUS INSOUCIANTS
ET UN PEU PLUS MATURES...
AH...
J'AI UN MESSAGE.
C'EST FINI.
SIGNÉ: LA BANDE À KASHIWA
VOILÀ, C'EST LA FIN DE MON HISTOIRE.

HAAAAAH
SMS ENVOYÉ !
TIENS.
PRENDS-EN, TOI AUSSI.
...
PFUH
IL EST OÙ LE CHIEN ERRANT ESSEULÉ ?
ALORS COMME ÇA,
CHIAKI A DES AMIS COMME VOUS...

«ET TOI MIKI, TON DERNIER SOUHAIT ?»
«JE VEUX ALLER DANS LES BOIS»
«DANS LES BOIS ?»
«LAISSE-MOI AU PIED D'UN ARBRE COMME UN CHIEN ABANDONNÉ. PEUT-ÊTRE QUE MOI AUSSI JE DEVIENDRAI UN CHIEN ERRANT».
C'EST BIEN, ICI ?
OUI.
HÉ HÉ
CHIAKI...
SURTOUT, SURTOUT, NE TE RETOURNE PAS.

ET TOI,
NE M'APPELLE PAS...
...
YOSHINORI
ÇA S'ÉCRIT AVEC BEAU ET SIÈCLE.
LA VRAIE LECTURE DE MON NOM C'EST YOSHINORI, PAS MIKI.
HEIN ?
SÉ...
SÉRIEUX ?
J'AIME TON VISAGE
J'AIME TA VOIX.
LES DEUX ME VONT.

ALORS APPELLE-MOI AVEC CELUI QUE TU PRÉFÈRES.
PROMETS-LE-MOI.
MAINTENANT, LARGUE-MOI.
AU REVOIR !
MERCI.
C'ÉTAIT GÉNIAL.
JE SUIS HEUREUX DE T'AVOIR RENCONTRÉ.

AU REVOIR
JE T'ADORE
JE T'ADO-RE
MIKI...
JE T'ADORE
«MIKI !!»
«CHIAKI !»

«MIKI !»

J'ENTENDS SEULEMENT LE LÉGER BRUIT QUE FONT MES VÊTEMENTS.
MIKI DOIT ÊTRE EN TRAIN DE ME REGARDER PARTIR.
IL SECOUE LA MAIN
EN REGARDANT MON DOS.
«TOUT VA BIEN !
CONTINUE DE MARCHER !»
DIT-IL EN ME REGARDANT JUSQU'AU BOUT.

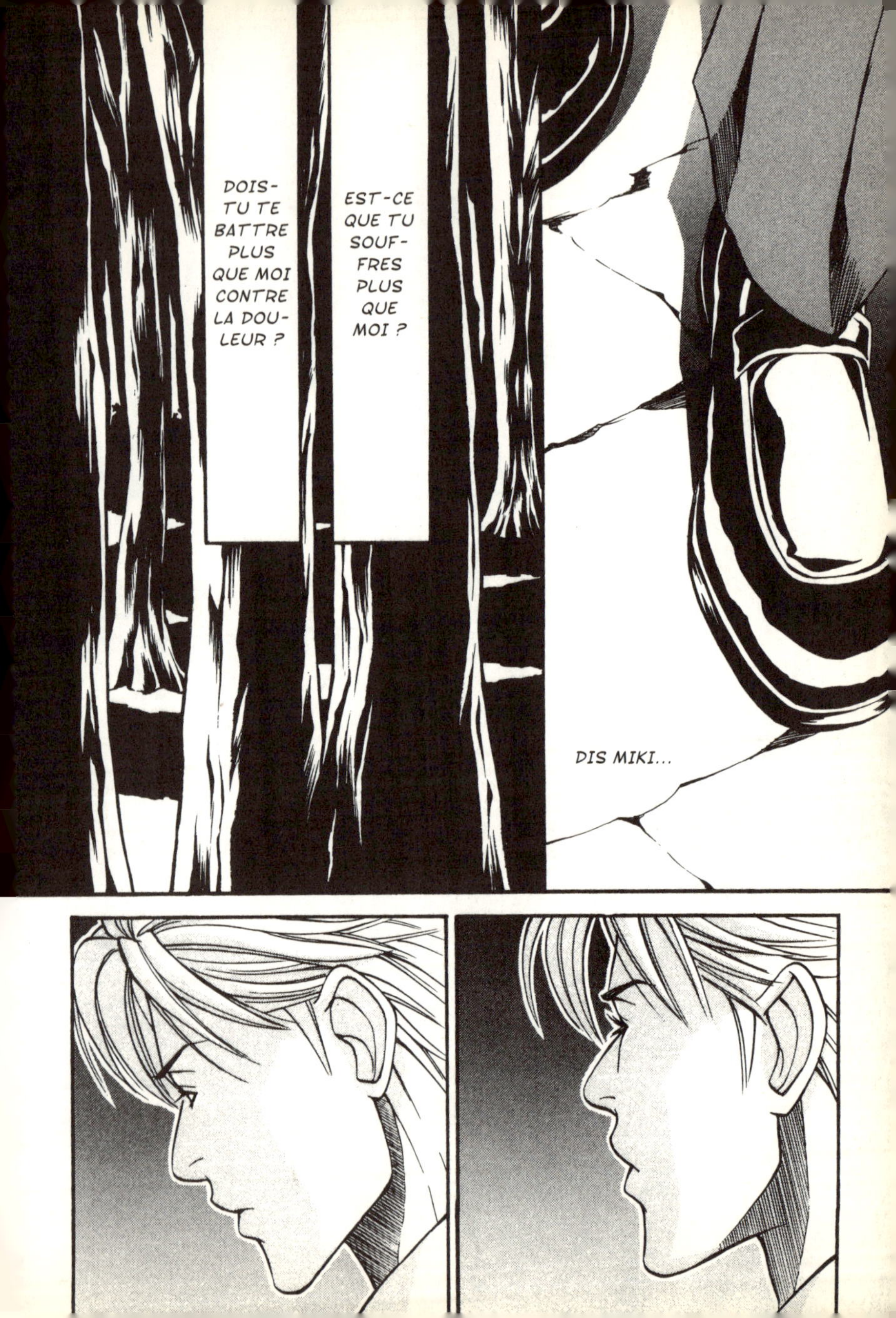
EST-CE QUE TU SOUF-FRES PLUS QUE MOI ?
DOIS-TU TE BATTRE PLUS QUE MOI CONTRE LA DOU-LEUR ?
DIS MIKI...

TON VISAGE EST PLUS TRISTE QUE LE MIEN EN ME REGARDANT PARTIR.
HÉ MIKI. EST-CE QUE TU PLEURES POUR MOI ?

HÉ...
HAA
HAA
HÉ...
HÉ !
HÉÉ !

MIKI !
MIKI
JE NE PEUX PAS TE QUITTER !

JE T'AIME...
JE T'AIME !
JE...
JE T'AIME MIKI !

OUAAAAAAH
OUAAAAAAH
OUAAAAAAH
OUAAAAAAH
JE DEVAIS ÊTRE ENCORE BÉBÉ LA DERNIÈRE FOIS QUE J'AI PLEURÉ COMME ÇA.
MIKI...
ALLONS MANGER AU MCDO CHIAKI.
MIKI...
ET COU-RONS EN-SEMBLE.

JE VAIS ÉCRIRE UN SMS À KASHIWA.
GGN
TOI AUSSI ÉCRIS À TON MEILLEUR AMI.
NOUS AVONS COURU
SUR LE CHEMIN DU MCDO,
ENSEMBLE.

DEMAIN AU COUCHER DE SOLEIL NOUS IRONS DANS CET IMMEUBLE
ET JE HURLERAI MES SENTI-MENTS DEVANT LE SOLEIL COUCHANT.
COMME UN CHIEN.
DOG STYLE / FIN

ATTENTION !

Cette bande-dessinée est publiée
dans son sens de lecture original japonais,
les bulles se lisant de droite à gauche.
Vous êtes donc ici à la FIN !

DOG STYLE 3

Originally published in Japan in 2008
French translation rights arranged with Libre Publishing Co.,Ltd.Tokyo.
through TOHAN CORPORATION, Tokyo.

Dépôt légal à parution
ISBN 978-2-35180-407-0

Directeur de collection : Yves Huchez

Traduction : Margot Maillac
Correction et adaptation : Marie Hervé

Conception graphique : Alexandre Cozette
Adaptation graphique et lettrage : Ophélia Huchez

Imprimé en France par Imprimerie Darantiere
N° d'impression : 10-0753

Découvrez LOST SOUL
le premier manga
de Liaze et Moemai
sur le site Taifu !
Lost Soul
Liaze & Moemai
TAIFU COMICS
manga-taifu.com

Super !
Vous voici sur la page « Univers»
de votre choix ! (Les autres univers
sont toujours accessibles ...)

Dans l'univers choisi vous
trouverez toutes les infos sur vos
séries préférées : actualités,
nouveautés, dossiers et
les futures sorties.

À droite de votre écran
vous pouvez accéder à
la totalité du catalogue
(ici le catalogue Yaoi).

manga-taifu.com

Bravo : vous avez réussi,
Vous voici sur la page « Atelier » !

Sur cette page vous trouverez en illustration le projet du jour, ainsi que la liste des projets.

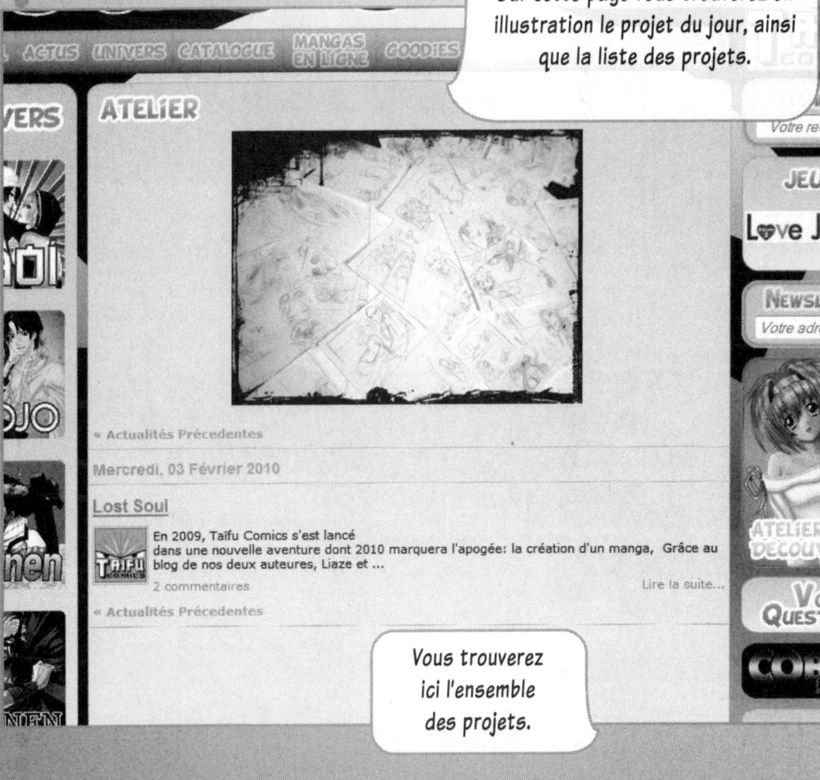

Vous trouverez ici l'ensemble des projets.

manga-taifu.com

Bravo : vous avez réussi,
Vous voici sur la page « Jeux » !

Sur cette page vous trouverez des exclusivités à gagner : artworks, dédicaces, et encore beaucoup d'autres cadeaux !

Indiquez vos coordonnées, et jouez !

manga-taifu.com

RIEN N'EST IMPOSSIBLE !

Tomoe Tatsumi, arrive à Tokyo pour s'inscrire à l'université. Là, il percute Mitsugu Kurokawa, un employé de bureau. Ce dernier est fasciné par l'impuissance et la naïveté de Tomoe. Très attiré par ce dernier, Kurokawa lui propose de lui sous-louer la chambre d'amis...

TAIFU COMICS